Valentina F.

TVUKDB

TI VOGLIO UN KASINO DI BENE

romanzo

FANUCCI EDITORE

Prima edizione: aprile 2007
Settima ristampa: settembre 2007

via delle Fornaci, 66 – 00165 Roma
tel. 06.39366384 – fax 06.6382998
Indirizzo internet: ragazzi.fanucci.it

Stampato in Italia – Printed in Italy

Progetto grafico: Grafica Effe

Valentina F.

TVUKDB

TI VOGLIO UN KASINO DI BENE

«Se tu vieni, per esempio, tutti i pomeriggi alle quattro,
dalle tre io comincerò a essere felice.»
Antoine de Saint-Exupéry, *Il Piccolo Principe*

I miei quattordici anni

Guardo l'immagine riflessa attraverso i vetri dell'autobus; i miei capelli, che cominciano finalmente a toccare le spalle, sono scomposti come al solito, sembra mi sia appena alzata dal letto. Gli occhi, color nocciola come quelli di mio padre, mi fissano con sguardo incerto. In fondo non sono cosí male, penso; se solo avessi le labbra piú morbide e gli occhi meno tondi forse... con un sospiro distolgo lo sguardo.

L'autobus è piú affollato del solito, per fortuna mancano solo poche fermate. Non lo prendo quasi mai, preferisco tornare a piedi con le mie amiche; non sopporto tutta quella gente che spinge, ti si butta addosso, per non parlare degli odori, i respiri pesanti; certo se avessi il motorino sarebbe tutta un'altra storia. Oggi appena fuori scuola sono fuggita, volevo solo scomparire dalla faccia della terra. Mi sento inquieta, continuano a ritornarmi in mente le immagini dell'umiliazione subíta poche ore prima in classe; provo a cacciar via il pensiero, ma torna implacabile. Sento pizzicare gli occhi e li chiudo, non devo piangere, almeno non ora! Stringo le labbra con forza. Chissà perché il prof di storia oggi si è accanito in quel modo con me. Certo la lezione non l'avevo studiata alla perfezione, ma buttare ripetutamente il libro a terra e costringermi ogni volta a raccoglierlo mi è sembrato esagerato.

Marta, la mia amica del cuore, ha provato in tutti i modi a consolarmi, ma è servito a poco. E pensare che questa mattina, appena alzata, mi sentivo cosí euforica e per un momento ho pensato che era la mia giornata fortunata. Per l'occasione mi sono messa anche la gonna color prugna, cosa che non capita molto spesso. Ho pensato che forse cosí Ale, il bello della scuola, mi avrebbe finalmente notato, ma niente, come se non esistessi! Certo non posso competere con Federica, la mia compagna di classe, la piú carina della scuola, oppure con Marta, cosí disinvolta e spavalda. Sospiro.

L'autobus frena improvvisamente mandandomi addosso a un signore; mi scuso e abbasso lo sguardo imbarazzata mentre lui sorride. Si aprono le porte e in un balzo sono fuori, aria finalmente, penso. Squilla il cell, è Marta «Auguri!!!!!» sento un coro di voci che urlano. «Tanti auguri VALEEE!» Sí, oggi è anche il mio compleanno. «Grazie» provo a rispondere con voce squillante, ma con poca convinzione.

«Ma che fine hai fatto? Perché sei fuggita in quel modo, non mi dire che te la sei presa per il prof di storia, lo sai che è fuori!»

«Sí, lo so, ma mi ha messo di cattivo umore; comunque è tutto a posto, sabato festeggiamo alla grande» le dico per tranquillizzarla.

«Va bene, allora passo da te dopo pranzo.» E ci salutiamo. Ritrovo un po' del mio buonumore; per festeggiare i miei quattordici anni, infatti abbiamo deciso di andare in una discoteca a via Po, dove va tutta la scuola; vengono anche Sara e Giorgia, Giò per noi amiche.

* * *

«Secondo te ai miei devo dirgli che sabato andiamo a ballare?» chiedo a Marta due ore dopo mentre, sedute sul letto della mia camera, stiamo ascoltando l'ultima compilation che si è scaricata sull'iPod.

«Non so che dire, penso di sí, in fondo non andiamo a fare niente di speciale, e poi ormai siamo grandi.»

«Ma tu cosa fai? E poi se i miei mi dicono di no?» chiedo con ansia.

«I miei si interessano poco a me, l'importante per loro è che prenda bei voti a scuola. Possiamo sempre dire che andiamo al cinema.»

Mi risponde inarcando un sopracciglio e alzando un po' il mento. La guardo sorridendo... è proprio un'attrice nata! Ma sí, forse ha ragione, qualche cosa ci inventeremo...

Io e Marta siamo amiche da sempre, non ho ricordi che non la comprendano. Ci siamo conosciute alle elementari e siamo rimaste subito folgorate l'una dall'altra. Siamo capitate vicine di banco e il primo giorno di scuola lei, appena seduta, ha tirato fuori tutto ciò che aveva nel suo zaino: un quaderno, un astuccio strapieno di colori, un portamatite a forma di mucca, una gomma da cancellare alla fragola e un orsetto di peluche, raccontandomi vita, morte e miracoli di ogni oggetto. Poi mi ha guardato, ha sorriso e mi ha chiesto se volevo giocare con le sue cose. E cosí anch'io ho messo sul banco tutto il contenuto del mio zaino; all'inizio con un po' di imbarazzo, poi sempre piú sicura. Ma l'episodio decisivo della nostra amicizia è stato quello riguardante Davide, un nostro compagno di classe, di cui eravamo entrambe innamorate pazze. Avevamo fatto amicizia con lui ed eravamo sempre insieme. Lui si divertiva con noi. Ma non faceva nessun accenno per farci capire chi tra noi preferiva. Finché un giorno glielo abbiamo chiesto e lui ci ha confessato che non poteva mettersi con nessuna di noi,

Marta era carina e io simpatica, impossibile scegliere! Lí per lí non dissi niente, neanche a Marta, ma ci rimasi cosí male che, tornata a casa, piansi tutto il pomeriggio. A distanza di tempo Marta mi confidò che anche lei aveva pianto, ma per un motivo opposto al mio: pensava di essere antipatica come io pensavo di essere brutta! Come potevamo non diventare amiche?

Sono arrivate anche Sara e Giò: sedute sul divano in salone stiamo bevendo un succo di frutta. Sara è un po' scettica, secondo lei è meglio non dire niente. Giò invece pensa che sia sempre meglio dire la verità. Stiamo ancora parlando quando entra mia madre, piena di buste della spesa, seguita da mio padre, anche lui stracarico.

«Buonasera a tutte. Cosa state facendo? Avete già fatto merenda? A scuola come va? Sara, Giorgia, da quanto tempo non vi vedevamo, vi trovo bene, vi preparo qualcosa?» Già, lei è cosí, un fiume in piena. È capace di farti dieci domande a raffica, senza aspettare risposta, e ti parla mentre fa minimo altre quattro o cinque cose insieme. Non si ferma mai; è piena d'energie. A volte m'innervosisce, sembra non ascoltare veramente quello che dici, ma invece non è cosí... semplicemente non riesce a rilassarsi mai completamente.

«No... grazie, signora, stavamo organizzando la serata di sabato» risponde Giò, candidamente.

«È vero. Per il tuo compleanno. Qual è il programma? Siamo compresi anche noi, giusto?» Mi guarda ridendo.

«Mammaaa...» sto per ribattere.

«Scheeerzo. Allora?» chiede, mentre sparisce in cucina.

La seguo con il cuore che mi batte forte.

«Ti do una mano?» le chiedo.

«Sí, grazie, metti le verdure in frigo» e mi indica una busta.

«Senti, a proposito di sabato, pensavo di andare in un posto molto carino a via Po.»

«Che genere di posto?» mi risponde mentre sparisce per ritornare dopo un minuto.

«Ecco, è una specie di discoteca,» dico; lei si gira e mi guarda perplessa «dove vanno tutti i miei compagni di scuola» aggiungo come se questo potesse tranquillizzarla.

«Non mi sembra il caso» risponde mio padre entrando in quel momento.

«Ma è un posto tranquillo, ci andremo il pomeriggio.»

«E che c'entra, come se le cose possono succedere solo la sera. Non se ne parla, trova un'altra cosa, tipo un cinema o la pizza»

«Uffa, ma sono due anni che festeggio in questo modo, ormai ho quattordici anni!» dico sentendomi già salire le lacrime. Aveva ragione Sara, non dovevo dirglielo, penso disperata. «Non vi fidate di me, pensate ancora che abbia cinque anni, ma insomma, guardatemi!» Urlo con aria drammatica mentre esco dalla cucina e mi rifugio in camera mia. Niente, oggi non è la mia giornata.

«Dài, non te la prendere, vedrai che tutto si aggiusta» dice Sara mentre chiude la porta della mia stanza dietro di sé, seguita dalle altre.

La guardo scettica, non capisco come faccia a essere sempre cosí calma, tranquilla. Abbiamo conosciuto lei e Giò durante un corso di danza lo scorso anno e quest'anno anche loro si sono iscritte allo stesso nostro liceo, anche se in un'altra sezione. Abbiamo fatto subito amicizia. Giò è cosí solare, positiva, ha una carica enorme. Sara invece è un po' 'Emily la strange', ama il nero in tutte le sue forme: i romanzi horror, i fumetti dark, i film dell'orrore... per non parlare dei suoi vestiti, rigorosamente neri... ma ha un cuore d'oro!

Provo a sorridere, ma per oggi la mia dose di fiducia si è ormai esaurita; ma loro non cedono e il resto del pomeriggio lo passiamo, o meglio lo passano, a organizzare la strategia per sabato, non vogliono rinunciare al nostro programma.

Sabato pomeriggio

Alla fine i miei hanno ceduto; dopo averli tormentati per tutta la settimana, ma essenzialmente dopo che mia madre ha trascorso due pomeriggi interi davanti a questo locale ed essersi informata sulla gente che la frequenta, hanno gettato la spugna; ma a una condizione, ogni ora devo mandargli un sms per tranquillizzarli e non essere a casa piú tardi delle sette e mezza. Quanto gli voglio bene, penso euforica.

Ci vediamo tutte e quattro a piazza Risorgimento e da qui prendiamo il tram; ci siamo informate prima, dobbiamo scendere a piazza Quadrata, ma non sapendo dov'è chiediamo al conducente del tram di indicarci la fermata; siamo tutte elettrizzate all'idea di fare qualcosa di nuovo.

Troviamo subito il locale; è pieno di ragazzi che stanno aspettando di entrare; io mi guardo intorno nervosa, spero valga la pena, non sono mai andata in discoteca, solo feste in casa. Intravediamo due compagni di classe di Sara e Giò e ci avviciniamo a loro; magari c'è anche Ale, penso, ma non lo vedo. Dopo una mezz'ora riusciamo a entrare, dio mi batte il cuore; scendiamo le scale e arriviamo in una grande sala divisa da colonne, con tante luci colorate e musica a palla; ci guardiamo intorno ridacchiando.

Troviamo subito posto in un angolo, ci sediamo e poco dopo Marta e Sara decidono di andare a prendere qualche cosa da bere. Mi ritrovo sola in un attimo, Giò sembra sparita; mi guardo in giro alla ricerca di qualche faccia conosciuta, senza successo. Mi sento persa. Che ci faccio in un posto del genere? Perché mi sono lasciata convincere? Mi alzo per darmi un contegno e vado in cerca del bagno. Torno e trovo Marta che parla con un ragazzo mai visto, cavolo, avrà almeno sedici anni; beata lei, penso con una punta d'invidia.

«Vale, noi andiamo a ballare, che fai?» e senza aspettare risposta la perdo una seconda volta.

Uffa, ma possibile che nessuno mi si fila? Neanche le mie amiche, eppure siamo venute qui per festeggiare il mio compleanno, penso un po' risentita. Vorrei andare via, ma che figura ci farei?

Mentre mi guardo in giro penso che forse sono io, troppo goffa e imbranata; non ho ancora il ragazzo, nessuno mi considera, è come se fossi trasparente; non mi succede mai niente, neanche un bacio di sfuggita, se continuo cosí rimango sola, e poi a quel punto nessuno mi vorrà piú, dio quanto sono patetica!

Mi alzo di scatto, e facendomi strada tra la folla mi avvicino a Marta, che intanto è stata raggiunta da Giò.

«Finalmente» mi sussurra Marta spingendomi al centro della pista; la musica è assordante ma fantastica, cosí chiudo gli occhi e ballo, ballo fino a quando sento i piedi andare a fuoco e dei rivoli di sudore cominciano a scendermi sulla schiena.

«Come ti muovi bene, sei nuova? Non ti ho mai visto» mi sento sussurrare all'orecchio.

Apro gli occhi a malincuore e mi trovo di fronte un paio di occhiali da sole enormi, capelli scolpiti con il gel, pantaloni attillati lucidi, maglietta nera aderente; e questo da dove è uscito?, penso allibita.

«Sei proprio carina» insiste con sguardo languido. Roba da non crederci, se questo è il genere che posso attrarre, è meglio fare qualche cosa di veramente definitivo. Mi giro dandogli le spalle.

«Dài non fare la timida, mi chiamo Armando» insiste lui facendosi di nuovo sotto. Ma che ho fatto di male?

Balbetto qualche cosa di incoerente e fuggo via. Lui mi viene dietro. «Ehi, non te ne andare, dimmi almeno come ti chiami!»

«Sparisci!» riesco finalmente a dire. Wow, che tosta!

«Complimenti, bell'acchiappo!» mi sussurra Sara, apparendomi improvvisamente vicino.

«Piantala.»

Il tizio alla fine cede e se ne va a caccia di altro e io mi lascio cadere sul divanetto, piú depressa di prima. Usciamo dal locale solo un'ora piú tardi... con un'importante decisione presa!

La lista

Marta, seduta sul letto legge a voce alta:

COSE DA FARE PER DIVENTARE IRRESISTIBILI

«Mi piace questa cosa, posso partecipare anch'io?»

«Non è un gioco e tu non ne hai bisogno» le dico.

«Non è vero» risponde.

Non ne sono convinta, ma sono contenta di condividere questa scelta con lei.

«Okay, dài, iniziamo. Numero uno?»

Marta ci pensa un po', poi: «Be'... Che ne dici dei tacchi alti?»

«Sííí!» Sono al settimo cielo.

«Numero due. Direi assolutamente piercing al naso, lo sogno da una vita.» Continuo, sentendomi stranamente audace.

«Non so, a me fa un po' senso, e poi se torno a casa in quel modo i miei svengono. No, io al massimo un tatuaggio sulla caviglia» risponde Marta.

«Okay, allora scrivili entrambi.»

«Terzo?»

«Dobbiamo fare qualcosa ai capelli, dei riflessi, piú

ricci, insomma qualcosa che faccia impazzire uno come Silvio Muccino o Robbie Williams.»

«Ma... come facciamo a trovare i soldi per andare dal parrucchiere? Non oso chiederli ai miei.»

«Possiamo farceli a casa, da sole.»

«Sei pazza, e come?»

Mi racconta che ha scovato un libro fantastico in camera di sua madre. Si chiama *Erbe e bellezza – i rimedi delle nonne per essere piú belle*. Un reperto archeologico! Lo usava sua madre da giovane. Ha trovato delle ricette interessanti, tutte sottolineate.

«Del tipo?» le chiedo

«Usare il tuorlo d'uovo per schiarire i capelli, o l'aceto per renderli piú luminosi.»

«L'hai già fatto?»

«Veramente ancora no, magari domani se vieni da me possiamo provare qualche ricetta» aggiunge mentre si prepara per tornare a casa. Mi sembra un'ottima idea.

Guardo l'orologio, sono le undici passate, si è fatto tardi; fortuna che Marta abita al palazzo di fronte al mio. Ci salutiamo velocemente. Abbiamo un sacco di cose da fare, non vedo l'ora.

La mattina dopo, durante la ricreazione, stiamo sfogliando il libro di sua nonna per decidere la mitica ricetta da provare. È lei! Eccola! Trovata! «Maschera di bellezza per il viso.» Ci sembra perfetta. Trascriviamo gli ingredienti da comprare e decidiamo di farlo quel pomeriggio. Arrivo a casa di Marta verso le tre, i suoi sono fuori. Siamo tutte elettrizzate, non vediamo l'ora di sperimentare. Ci sediamo in cucina con tutto l'occorrente e cominciamo a leggere:

Un uovo intero;
20 grammi di succo di cetriolo;

Uno yogurt;
Amido di frumento.

Sbattere l'uovo, aggiungere gli altri ingredienti fino a formare una pasta morbida.
Applicare sul viso.
Quanto la maschera si sarà seccata, toglierla con acqua tiepida.

È stato difficile con l'amido di frumento, ma alla fine l'abbiamo trovato nel negozio di alimentari dove va di solito mia madre. Ma ancora piú difficile è stato spiegare al proprietario a cosa mi serviva! Ho inventato che era l'ingrediente fondamentale per una strana ricetta che volevo sperimentare (speriamo non lo dica alla mamma).

Mettiamo tutti gli ingredienti in una ciotola e prepariamo la maschera miracolosa; a vederla fa un po' senso, per non parlare dell'odore. Ci guardiamo un po' incerte.

Alla fine ci decidiamo e cominciamo ad applicarla sul viso con le mani, ma è troppo liquida, comincia a colare dappertutto, sul collo, sul braccio. Aggiungiamo allora altro amido e ci riproviamo, e questa volta è perfetta. Ci mettiamo una cuffia in testa per non sporcare i capelli e ci sediamo in salone. Chiudo gli occhi e immagino di stare in un centro estetico megagalattico a New York, al trentesimo piano di un fantastico grattacielo da cui si vede tutta la città. È arredato con i vari toni del rosso, dell'arancio, e ci sono miliardi di candele profumate alla pesca, la mia passione; riesco a sentirne l'odore dolce che mi avvolge completamente. Siamo immerse in una piscina riscaldata e illuminata, solo io e Marta... mmh che sogno, secondo me esiste un posto cosí a New York. Riapro gli occhi e chiedo a Marta se ha qualcosa da bere. Lei si alza e torna con del tè alla pesca, ovviamente. Poi mi passa un libro. «Devi assolutamente leggerlo. L'ho appena finito» mi dice. L'ha trovato nella libreria di casa, si chiama *L'inventore dei sogni* di Ian McEwan. Le è piaciuto tantissimo. Sono le avventure fantastiche di un ragazzino che sogna e inventa delle storie per scappare dalla noia di tutti i giorni. Rimango affascinata dal racconto della *Pomata Svanilina* che il ragazzo scova in un vecchio cassetto. La crema applicata sulle persone le fa scomparire all'istante. Cosí il protagonista decide di far scomparire tutta la sua famiglia. Troppo divertente. Mi entusiasmo, sembra un'idea fantastica. Pensa se potesse esistere veramente! Cominciamo a fare un elenco delle persone che vorremmo far svanire: Fede prima di tutto, poi Claudia, la sua amica, poi il prof di storia, dopo la figuraccia che mi ha fatto fare; il proprietario del bar sotto casa, dove andiamo a prendere il latte, che quando ci vede ha sempre uno sguardo bavoso; e poi quelli che abitano sotto il nostro appartamento che urlano tutto il giorno, la bidella, il vigile della piazza, la signora delle pulizie... la lista sembra interminabile. Mentre parliamo, sento la pelle del viso tirare, non riesco a muovere le labbra e comincio a sentire degli scricchiolii sul viso. Mi metto a sedere e inizio a ridere guardando Marta, anche a lei si sta rompendo la maschera, fa impressione, sembra uno zombie! Proviamo a rimanere serie per paura di romperla del tutto, ma senza successo. Abbiamo le lacrime agli occhi dal ridere. Siamo talmente prese che non sentiamo Marco, il fratello di Marta, e i suoi genitori, entrare in casa.

«Maaarta, Maaarta, ci sei?» gridano entrando. Non facciamo in tempo a capire che ce li troviamo tutti e tre di fronte con le buste della spesa in mano.

«Ma che state facendo?» dice il padre guardandoci sconcertato.

«Mamma, papà, non vi avevamo sentito» risponde

Marta alzandosi di botto; io la seguo come un fulmine. Marco ci guarda come due aliene.

«Ma che vi siete messe sul viso? Sembrate uscite da un film dell'orrore!»

Rimaniamo ammutolite! Che vergogna! Arrossisco, ma per fortuna non si vede, almeno una cosa positiva in questa ridicola situazione. La madre e il padre scoppiano a ridere. Marco invece scuote la testa e se ne va schifato. Noi balbettiamo qualcosa mentre ci avviamo velocemente verso il bagno. Ma come abbiamo fatto a non sentirli? Ci barrichiamo dentro. Marta scoppia a ridere, io vorrei scavarmi la fossa. Non uscirò piú da questo bagno. Devo trovare una via d'uscita; se non abitassero al quinto piano potrei fuggire dalla finestra. Che figura, cosa penseranno i suoi genitori? Chiedo a Marta di farmi uscire di nascosto, mi vergogno troppo. Lei prova a rassicurarmi, continuando a ridere. La madre bussa alla porta per sapere se va tutto bene. Niente, non ho via di scampo. Speriamo almeno che non ci sia Marco nelle vicinanze. Oddio, non avrò piú il coraggio di mettere piede in questa casa. Alla fine, dopo esserci sciacquate il viso, usciamo sperando di arrivare inosservate alla porta di casa. La madre ci chiama dalla cucina mentre passiamo furtive, cosí torniamo indietro.

«Ragazze, dove l'avete trovato? Quanti ricordi...» Tiene il libro delle ricette in mano, dimenticato in cucina. Comincio a rilassarmi un po', c'è solo lei. Ci racconta che, intorno ai dodici, tredici anni, lei e la sorella, la zia di Marta, erano impazzite per quelle ricette, non c'era giorno che non ne provassero una. Chiedevano sempre consigli e aiuto alla nonna, era quasi un'ossessione. Mentre parla sembra assorta e persa nei ricordi. Sfoglia le pagine e ogni secondo indica una ricetta. «Questa sí, me la ricordo; anche questa... e quest'altra ancora.» Sorride divertita. Ci racconta della volta in cui lei e la sorella si misero l'olio di ricino sulle ciglia, per farle allungare. Poi, dimenticando di toglierlo uscirono di casa. Per strada la gente le guardava con aria strana; finché alla fine scoprirono che l'olio era addirittura colato sulle guance!

E poi un'altra volta si misero il tuorlo d'uovo sui capelli perché credevano in questo modo di schiarirli e per due o tre giorni rimasero con una puzza insopportabile addosso e nessuno osava avvicinarsi a loro.

Per fortuna, io e Marta ci siamo fermate alla maschera di bellezza!

Otto mesi piú tardi

Domenica pomeriggio.

I miei sono in soggiorno a leggere il giornale. Io vago per casa senza sapere bene cosa fare, i compiti li ho già fatti ieri pomeriggio e in televisione non c'è niente. Alla fine mi rifugio in camera e accendo lo stereo. Mentre apro l'armadio, cade un foglio... cavolo! La lista del mio compleanno, me n'ero completamente dimenticata. Sono passati otto mesi e non abbiamo fatto niente, maschera di bellezza a parte. Prendo il cell. Bisogna provvedere subito.

«Marta, dove sei?»

«Dove vuoi che sia, a casa, perché?»

«Ho ritrovato la lista.»

«Quale lista? Oh... Ma certo, la famosa lista delle cose da fare per diventare irresistibili!»

«Esatto, dobbiamo vederci subito. Che cosa stai facendo?»

«Niente, c'è mio fratello con i suoi amici che si stanno vedendo la partita.»

«Allora ti aspetto da me.»

Non faccio in tempo a riattaccare che lei è già seduta con me sul letto.

Tiro fuori il foglio e lo guardiamo in silenzio.

COSE DA FARE PER DIVENTARE IRRESISTIBILI

1. Indossare un paio di scarpe con i tacchi alti, senza caderci;
2. Fare: Valentina – piercing al naso, Marta – tatuaggio sulla caviglia;
3. Cambiare i capelli per avere un'immagine piú curata e ricercata;
4. Vestire e truccarsi in modo giusto;
5. Indossare un pushup;
6. Sapersi muovere in modo provocante e seducente;
7. Andare in discoteca con il nuovo look;
8. Uscire con i due piú fighi della scuola: Ale e Luca.

Firmato
Marta e Vale

«Vuoi un succo?» le chiedo.
«Sí, grazie.»
Vado in cucina e torno con qualcosa da bere. Metto un CD di Madonna e mi risiedo sul lettone. Quanto mi piace stare quassú. Ho insistito tanto per averlo soppalcato, mi fa sentire al sicuro; senza il rischio che i miei possano entrare improvvisamente e vedere quello che faccio. È il mio nascondiglio preferito.
«Cominciamo?» chiede Marta.
«Assolutamente síí» grido.
«Anche se non è indispensabile andare in ordine, numero uno: le scarpe.
«Forse dovremmo prendere in prestito qualcosa.»
«Per quanto mi riguarda, nel guardaroba di mia madre le scarpe con i tacchi scarseggiano» risponde Marta.
«Da me qualcosa c'è, però, pensandoci bene... dovremmo comprarne un paio alla moda, come piacciono a noi.»

«Sono d'accordo. Dove andiamo?»

«In giro per negozi, tipo via del Corso. Lí ce ne sono molti, anche molto economici.»

«Giusto, anche perché se spendiamo tutto per le scarpe, la nostra lista resterà solo un sogno.»

«Andiamo ora?»

«Ora? Ma non è tardi? E poi oggi è domenica, non so se i negozi sono aperti» si lamenta Marta.

Marta è cosí, prende sempre tempo, deve prepararsi alle cose con largo anticipo.

«Dài, non rompere, in centro i negozi sono sempre aperti, chiamiamo anche Sara e Giò, cosí al massimo ci mangiamo un cono maxi e torniamo indietro» concludo. Con le altre, ci diamo appuntamento a piazza del Popolo verso le cinque.

Avevo ragione, i negozi sono tutti aperti!

Prima tappa, d'obbligo, Miss Sixty.

«Cavolo, guardate quei jeans corti» dice Marta, indicando la vetrina.

«Quali? Ah sí, carini, a me starebbero da schifo» aggiunge Giò che ha la fissa di essere grassa; in realtà è solo un po' rotonda; d'altronde con tutto quello che si mangia, penso bonariamente.

«A te invece starebbero perfetti, entriamo, cosí li provi.»

Per fortuna noi due abbiamo la stessa taglia, Marta è solo un po' piú alta. I gusti poi sono simili; per questo spesso ci scambiamo i vestiti. Fino allo scorso anno avevamo anche lo stesso numero di scarpe. In ogni caso i jeans le stanno da dio!

«Marta, sembrano fatti apposta per te, se poi sotto ti metti le scarpe col tacco... appena ti vede Luca stramazza al suolo!» scherza Sara.

«Esagerata, ma figurati, quello neanche mi vede.»

«Sí, ma quando ti vedrà con questi addosso s'innamorerà follemente» ridacchiamo.

«Okay, ho capito, li prendo!»

Dopo due ore ci decidiamo a entrare in un negozio di scarpe.

Non è facile decidere, specialmente per noi che portiamo sempre e solo sneakers, di tutti i tipi.

Io e Marta ne adocchiamo un paio bellissime; nere, lucide con tante perline e strass davanti.

«Senta scusi, avete il 38 di queste?» chiede Marta alla commessa.

«No, mi dispiace, di quel paio che ha in mano è rimasto solo il 37, ed è in offerta.»

«Forse a te vanno bene» continua Marta guardandomi.

Le prendo in mano, sono altissime. Sembrano delle enormi montagne da scalare. Ma come ho potuto pensare di metterle, nooo... mi guardo intorno cercando una via d'uscita!

«Be', cosa succede?»

«No ecco... non so, non sono convinta» provo debolmente a cercare qualche scusa, per non fare la figura dell'idiota. Sono terrorizzata.

«Ma smettila, hai sempre detto che le volevi assolutamente nere e con tanti strass, sono perfette.»

Non ho scelta; cosí faccio la disinvolta, le prendo tutte e due e me le infilo. Aiuto! Sembra di essere salita su un cornicione di un palazzo al quinto piano. Guardo Marta dall'alto in basso e titubante le chiedo come mi stanno.

«Alla grande, dài, prova a camminarci e muoviti ancheggiando un po'!»

Non credo di riuscire a fare neanche un metro. Muovo qualche passo rasente al muro; ma perchè sono cosí imbranata!?! Uffa. E dovrei pure ancheggiare? Mi domando come fanno le modelle a camminarci con tanta disinvoltura. Forse ha ragione Marta, pratica, ci vuole solo pratica, ma un dubbio si insinua; forse sto chiedendo l'impossibile a me stessa; forse dovrei trovar una dimensione piú adatta a me, che non comprende i tacchi. Guardo Marta, che nel frattempo ha già fatto la sua scelta e sembra euforica. Le sorrido, scaccio via quel fastidioso dubbio e mi avvicino alla cassa con lei. Usciamo dal negozio tutte e quattro, ma solo io e Marta con le buste, Sara e Giò all'ultimo momento si sono tirate indietro, dunque non ero la sola ad avere dei dubbi!

«E ora un gelato gigante» urla Giò soddisfatta.

«Síií!» rispondiamo in coro, e ci avviamo verso la nostra gelateria preferita.

Lunedí mattina.

Stiamo aspettando la prof d'inglese. Io e Marta, vicine di banco, non stiamo in piedi dal sonno; siamo stravolte ed è appena l'inizio della settimana! Ieri abbiamo fatto tardi alle prese con la sfilata con i tacchi alti. Speriamo che la Mariani non c'interroghi; gli esercizi li abbiamo finiti stamattina, prima di entrare in classe. Come sempre Fede sta facendo il solito resoconto del weekend, ed è decisamente insopportabile! E quelle due oche di Chiara e Claudia non fanno altro che adularla.

«Good morning.» Eccola, è arrivata.

«Good morning» rispondiamo tutti in coro.

È una pazza, sembra tutta carina, poi quando meno te l'aspetti comincia a urlare. Basta un errore e le salta la mosca al naso. Non vola una foglia, siamo tutti con gli occhi bassi, sperando che non tocchi a nessuno di noi.

«Allora vediamo, uhm... Marta.» Mi stringe la mano sotto il banco, mentre tratteniamo tutte e due il respiro.

«Sí» risponde lei con un filo di voce.

«Oggi leggeremo un nuovo brano da *Il vecchio e il mare*, ci vuoi fare un riassunto dei precedenti capitoli?»

Respiriamo entrambe... che fortuna! L'unica cosa che conosciamo bene.

Quel romanzo ci piace tantissimo. Certo, in inglese è difficilissimo; ma per fortuna papà, all'inizio dell'anno, mi ha regalato l'edizione italiana che abbiamo letto in pochissimo tempo. Ogni tanto, quando siamo sole in casa, spegniamo le luci, accendiamo qualche candela, e salendo in piedi sul divano recitiamo dei pezzi a voce alta, come se fossimo a teatro.

«*The old man could see the slight bulge in the water that the big Dolphin raised as they followed the escaping fish. The dolphin were cutting through the water below the flight of the fish and would be in the water, driving at speed, when the fish dropped. It is a big school of dolphin, he thought.*»

E ogni volta succede una cosa strana, sento l'odore di salsedine, il rumore delle onde, il fruscio leggero dei delfini che nuotano veloci rincorrendo il pesce e gli schizzi dell'acqua arrivano fino a me!

«*My big fish must be somewhere.*»

Amiamo le storie di mare; spesso fantastichiamo di viaggiare su enormi velieri alla conquista di nuovi posti inesplorati. Siamo trasportate da navi immense come quelle dei pirati e, ovviamente, finisce sempre che incontriamo un tipo alla Johnny Depp in *La maledizione della prima luna* che si innamora follemente di noi e ci rapisce... è romantico, no?

Appena fuori scuola, ci sediamo sul muretto ad aspettare Sara e Giò.

«Marta, Marta, non ti girare» dico sottovoce.

«Perché?»

«Dio, quant'è carino!»

«Ma chi?»

«Ale e Luca stanno venendo in questa direzione!»

Il primo ha i capelli castano chiari un po' mossi, occhi scuri, Il secondo invece è biondo con gli occhi nocciola; sono entrambi alti, fisico atletico, e giocano nella squadra di calcio della scuola. Tutte le ragazze impazziscono per loro e devo dire che hanno ragione. Poter stare con Ale sarebbe la cosa piú bella che mi possa capitare; ma lui ha l'imbarazzo della scelta, figuriamoci se si accorge di me. Io non sono come Marta, che infatti ha deciso di mettersi con Luca e sicuramente ci riuscirà. Quando vuole una cosa, la ottiene sempre.

«Dobbiamo fare qualcosa» propone Marta elettrizzata.

«Sei pazza!»

«Sí, dobbiamo conoscerli.»

«Marta, non fare scherzi!»

Ma lei, senza ascoltarmi, scende di scatto dal muretto e continuando a guardarmi dice a voce alta: «È tardi, devo andare, ho un appuntamento, ti chiamo dopo» e appena fatto un passo va a sbattere contro Ale.

«Oddio, mi dispiace, non ti avevo visto,» aggiunge Marta, guardandolo con aria innocente. «Ti ho fatto male?»

«No, no, non ti preoccupare, tutto a posto. Tu, invece?»

Marta è un mito, non si vergogna di niente, è capace di inventarsi le scuse piú assurde con una disinvoltura impressionante.

«Non mi sono fatta niente, grazie, sono cosí sbadata... mi devo far perdonare» aggiunge in fretta, guardando l'amico. Per fortuna che le piace Luca!

«Ma no, figurati» risponde Ale un po' imbarazzato.

«Be', comunque io sono Marta, prima B, e lei è Valentina» e mi indica. Divento tutta rossa! È proprio fuori! Ma non ho scelta, non posso lasciarla sola. A malincuore scendo dal muretto e mi avvicino, cercando di nascondere la mia timidezza.

«Ciao» sorrido impacciata.

«Ciao» rispondono insieme.

«Alessandro.»

«Luca.»

Loro si guardano. Che vorrà dire?

«Allora siete in classe con Federica.»

Ora capisco, altri due che le vanno dietro. Comincio a innervosirmi.

«Sí, ma non siamo sue amiche» rispondo indispettita. Cosí chiariamo subito le cose. Vorrei andare via, ma rimango solo per Marta che continua imperterrita a parlare rivolgendosi a Luca.

«Voi invece state in classe con due nostre amiche, Sara e Giò.»

«Veramente vi conoscete? Allora qualche volta possiamo uscire tutti insieme» risponde prontamente Luca. Neanche morta, penso offesa per l'infelice uscita di Ale, anche se in realtà morirei dalla voglia. Ricordo a Marta l'appuntamento, e scusandomi la tiro per un braccio allontanandoci in fretta.

«È stato proprio un cafone, Ale, vuole solo arrivare a quella gatta morta!» dico stizzita.

«Ma dài, smettila, l'importante è averli conosciuti» dice lei convinta.

«Bella soddisfazione.»

«Non te la prendere, e poi lo sanno tutti che Ale cambia ragazza ogni mese, nella sua classe è stato con tutte, eccetto Giò.»

«Anche con Sara?» le chiedo con una punta d'invidia.

«Già!»

«Non ci credo, e perché a me non l'ha mai detto?»

«Perchè non è successo niente, non si sono neanche baciati.» Ma come si fa a stare insieme senza baciarsi?

«Ma quando è successo?»

«All'inizio dell'anno, lui le è stato dietro per mesi, ma appena si sono messi insieme Sara ha deciso di lasciarlo, diceva che era noioso, non gli piacevano i film dell'orrore (e come dargli torto!) e faceva sempre lo stupido quando era con gli amici.»

Nooo, mitica! Magari potessi avere anche io l'occasione di scaricare qualcuno che mi sta antipatico, penso mentre ci avviamo verso casa.

Mercoledí

Oggi dormo da Marta. Abbiamo deciso che dopo mangiato andiamo in giro a cercare un parrucchiere. Vogliamo andare avanti con la nostra trasformazione. Passiamo al numero 3 della lista, tralasciando, per il momento, il due (piercing e tatuaggio). Marta ha deciso che ai suoi capelli non vuole farci niente e non ha tutti i torti, sono cosí belli. Biondi, lisci e lunghi fino su le spalle. Un po' la invidio, non solo per i capelli, ma perché ha gli occhi azzurri chiarissimi, ed è magra e slanciata. Ha preso dalla nonna paterna che è originaria della Norvegia. Secondo me da grande potrebbe fare la modella, ma lei non mi vuole ascoltare. Io invece sono piú mediterranea; statura nella media, magra ma non troppo (soffro un po' perché ho sempre la pancia, d'altronde non so resistere a un bel piatto di spaghetti!); occhi scuri, capelli castani, mossi, con riflessi rossi. Per anni li ho portati cortissimi. Mia madre voleva un taglio pratico; non le andava di stressarsi ogni volta per asciugarmeli. Finalmente da tre anni li porto lunghi fino alle spalle, ma li vorrei ancora piú lunghi, cosí da cambiare sempre pettinatura; una volta le trecce, un'altra la coda di cavallo, poi legati in alto, oppure ancora piú mossi...

Stiamo vagando senza una meta precisa quando ci fermiamo davanti a un parrucchiere. Sulla vetrina c'è una foto di una ragazza molto carina con bei capelli ricci lunghi fino al sedere.

«Ecco, voglio farli cosí» dico.

«Sí, sono bellissimi, ma io sarei orrenda.» Non so perché ma Marta è fissata che a lei i capelli ricci stanno male. Ma se non li ha mai avuti! Decidiamo di entrare a chiedere informazioni. Ci accoglie una ragazza che domanda se abbiamo un appuntamento.

Dopo averle spiegato che siamo lí per la foto in vetrina, ci fa accomodare su un divanetto. Ci spiega una nuova moda, arrivata da Londra, dell'estensione dei capelli, anche se a me non sembra cosí nuova. Sono dei capelli finti, da scegliere in varie gradazioni di colore, che vengono applicati a quelli naturali con una tecnica elaborata. La cosa bella è che li puoi lavare tranquillamente come se fossero i tuoi e durano per due o tre mesi. Mi piace proprio l'idea!

«Volete prendere un appuntamento? Il nostro stilista c'è solo il martedí e il venerdí» chiede mentre sfoglia l'agenda.

«Be'... ecco, non lo so, ci dobbiamo pensare» rispondo guardando Marta. Chiediamo il prezzo e ci risponde che se andiamo insieme possono farci un piccolo sconto: 250 euro per tutte e due. Siamo sbigottite. Tiro Marta per la maglietta, ringrazio ed esco fuori. Neanche in un anno riesco a mettere da parte tutti quei soldi, e i miei non me li darebbero di sicuro. Camminiamo un po' in silenzio.

«Certo erano proprio belli.»

«Mi è venuta un'idea» Marta si ferma e mi guarda. «Te li faccio io.»

«Ma sei matta?»

«Che vuoi che sia. Mia zia va sempre in un negozio per parrucchieri, secondo me se chiedo a lei mi sa dire come fare.»

«Sí, ma che le dici, per cosa ti servono?»

«Le dirò che abbiamo una recita a scuola.»

«E come li attacchiamo?»

«Possiamo usare la colla per le unghie.»

«Tu dici... mah, proviamo!»

Entrando nel portone di casa di Marta, sento il familiare odore di muffa che c'è anche nel mio. Questi palazzi sono un po' simili; vasti ingressi, grosse scalinate, niente ascensori, quattro o cinque piani. A volte m'immagino tutte le persone che ci sono passate, che hanno calpestato questi gradini. Chissà com'era la prima famiglia che ha vissuto da noi. Magari nella mia attuale camera da letto ci dormiva la servitú. Sento il rumore di zoccoli dei cavalli che entrano nel cortile. Mi immagino le donne scendere dalle carrozze con quei loro vestiti esagerati, pieni di gonne, sottogonne, pizzi, merletti, cappelli, guanti; chissà quanto dovevano essere scomodi, e che caldo d'estate.

La casa di Marta mi piace. Appena entri trovi ingresso che affaccia su un ampio salone da dove, se giri a sinistra, trovi la cucina e se vai a destra un altro saloncino, poi la camera dei suoi con un bagno; se invece dall'ingresso vai subito a sinistra dopo la cucina c'è un altro bagno, poi la camera di Marta e infine quella di Marco. È proprio grande, anche a me piacerebbe avere una casa cosí. Della mia però, che è decisamente piú piccola, preferisco l'arredamento, molto moderno ed essenziale; con tanti oggetti acquistati dai miei durante i frequenti viaggi che hanno fatto da giovani. Come dicono loro, ogni oggetto ha un significato, rappresenta un pezzo di vita, un'emozione, un ricordo, un'amicizia, una storia da raccontare. Hanno viaggiato moltissimo. Abbiamo scatole piene di foto. Ogni tanto ne prendo una, me la porto in soggiorno e comincio a guardare quella giovane coppia in giro per il mondo. Mi risulta difficile pensare che sono i miei genitori. Non so perché ma non li penso con una loro storia, un passato, dei sentimenti, delle emozioni; per noi i genitori sono solo quello e basta. Guardare quelle foto, loro che ridono, si abbracciano, sorridono a degli estranei, mangiano in posti strani, a cavallo di un elefante, su un carretto scassato, sotto una palma con un cappello ridicolo in testa, e pensare che quelle persone sono le stesse che conosco io... pazzesco! Eppure ne sono affascinata. Spesso mentre guardo le loro foto si siedono vicino a me e cominciano a raccontare; si vede che deve essere stato un periodo bellissimo della loro vita, ne parlano con un tale entusiasmo... sono quasi gelosa! Anch'io da grande voglio viaggiare. Vorrei fare il giro del mondo. Pensa quanta gente potrei conoscere, quanti posti, odori e colori diversi potrei scoprire; sarebbe fantastico.

Mentre sogno a occhi aperti, siamo già arrivati a casa di Marta.

«Ciao Marco, come stai?» lo saluto mentre entriamo in cucina.

«Ehi, ciao» risponde mentre si alza e mi bacia. Non me lo ricordavo cosí alto. Mi supera di almeno dieci centimetri. Ha un anno piú di noi. Somiglia molto a Marta, alto, magro, capelli biondi un po' mossi, occhi azzurri; per fortuna un difetto ce l'ha anche lui, penso mentre guardo il suo naso con una leggera gobba. In ogni modo, se per me non fosse quasi un fratello penserei proprio che è uno da perderci la testa. Per anni abbiamo giocato tutti e tre insieme, ma da un po' abbiamo smesso di frequentarci; lui esce con quelli della squadra di pallanuoto, con cui si allena quasi tutti i giorni. È sempre stato molto carino con me, ma ultimamente, non so perché, m'imbarazzo in sua presenza.

Dopo un breve saluto ci chiudiamo in camera di Marta, è l'ora degli esercizi. Tutti i giorni facciamo pratica con le scarpe nuove: le indossiamo, mettiamo lo stereo a volume altissimo e cominciamo a camminare avanti e indietro; immaginiamo di essere a una sfilata. L'unico aspetto negativo è che le scarpe con i tacchi sono cosí scomode, fanno un male pazzesco; mi è venuta una vescica dove stringe il cinturino. Ma noi, tenaci, insistiamo... se le indossano tutte le donne possiamo farcela anche noi! O no?

Squilla il cell, è Sara, sta preparando la cena; la mamma l'ha chiamata mezz'ora fa dicendole che avrebbe tardato per un problema in ufficio. E come se non bastasse, Gianluca, il fratello piú piccolo, ha deciso di torturarla con la PlayStation. Poverina, in quella casa deve fare sempre tutto lei. Le chiedo di Giò, che sta passando un momento difficile da quando il padre se n'è andato di casa. Mi riprometto di chiamarla piú tardi; in queste situazioni non si sa mai come comportarsi. Invito Sara a raggiungerci piú tardi, ma deve ancora finire i compiti di matematica.

Non faccio in tempo a riattaccare che bussano alla porta e subito dopo c'è Marco di fronte a noi che guarda prima Marta poi me.

«Ma cosa avete ai piedi?» Prova a rimanere serio, poi non ce la fa e scoppia a ridere. Oddio, le scarpe! Io in un lampo sono sul letto di Marta, rossa in viso.

«Chi ti ha detto di entrare?» urla Marta «Vai via, fuori!»

Continuando a sghignazzare, esce dalla stanza.

«Che vergogna!»

«Ma smettila, è solo mio fratello.»

«Sí, lo so, però mi scoccia ugualmente e poi è la seconda volta che succede» dice ripensando alla figuraccia con la maschera per il viso. Che figura, sono sempre la solita imbranata; chissà cosa penserà di me.

Giovedí pomeriggio

Abbiamo tutto l'occorrente per fare le estensioni ai capelli; la zia di Marta è stata fantastica. Ci ha accompagnato al negozio e alla fine ha voluto pagare lei, promettendoci però di dirle quando ci sarà la recita a scuola, verrà a vederci. È una balla colossale, e speriamo che tenga. La zia è simpatica, molto piú giovane della mamma di Marta; piccola con i capelli neri e ricci. Parla ininterrottamente; andare in giro con lei è uno spasso, attacca bottone con tutti: il tipo della macchina accanto mentre siamo ferme al semaforo, il vigile, il benzinaio, la commessa del negozio, la vecchina alle poste... un uragano. Forse Marta ha preso da lei la sua faccia tosta. A volte mi chiedo affettuosamente se si può spegnere, sembra che abbia un motore incorporato.

Loro due sono molto legate; Marta, se ha bisogno chiede consigli alla zia Mapi, sempre pronta a trovare una soluzione, ad aiutarla. Per questo mi ci sono affezionata molto anch'io. Ogni tanto, infatti, quando siamo 'un po' giú' le mandiamo un sms e lei chiama dopo due minuti.

«Dove siete, cosa state facendo?» Comincia e poi inizia a raccontare tutte le cose piú assurde che le capitano. L'altro giorno stava aspettando dal parrucchiere e sfogliando una rivista ha trovato sulla prima pagina un nome e numero di telefono con scritto: 'Chiamami appena puoi'. Be', lei ha chiamato veramente e il messaggio non era ovviamente indirizzato a lei ma ha scoperto che la signora era una sua vecchia amica di scuola. Un'altra volta, invece, la vicina di casa le aveva lasciato il pappagallo per un paio di giorni ma si era dimenticata di avvisarla di una piccola abitudine del volatile: la mattina alle sette apriva da solo la gabbia e andava a svegliare la padrona. Da morir dal ridere. Spesso, quando la chiamiamo, mettiamo il vivavoce, cosí possiamo sentire e rispondere tutte e due insieme. Vive in centro a Borgo Pio con lo zio Giulio, un tipo alto alto con la barba, che passa ore e ore a fare i puzzle. Quando andiamo a casa loro, mi siedo in religioso silenzio vicino a lui (ormai lo sa) e guardo affascinata tutti quei pezzetti colorati sparsi sul tavolo. Ne prende uno, lo guarda bene, lo sposta da un'altra parte; poi, sempre con molta calma e senza un apparente criterio, prende un altro quadratino in mezzo agli altri, mi guarda, ridacchia e zac... li incastra insieme! Incredibile, sembra un prestigiatore. Ha promesso di regalarmene uno per il compleanno, e io non ho avuto il coraggio di dirgli che non penso assolutamente di essere in grado di farlo.

L'altra settimana la zia Mapi ci ha coinvolto in una visita ad alcune catacombe di Roma. L'aveva organizzata insieme alle sue amiche, ma il giorno prima della data le hanno detto che non potevano piú andare e cosí ha chiamato Marta e siamo andate noi quattro. All'inizio eravamo un po' scettiche, pensavamo di annoiarci, invece è stata una gita emozionante. La zia era super organizzata, aveva una guida e un libro che raccontava le leggende di Roma. Le storie erano cosí affascinanti da sembrare reali; riuscivo a immaginare le atmosfere, le sensazioni, gli odori; sentivo le voci di persone che cospiravano, il rumore dei passi sul pavimento. Mi sono talmente tanto suggestionata, che quella notte ho sognato di essere Agnese e di venir rincorsa per le strade di Roma. Pensavano che fossi scappata dalla basilica, quella di Santa Agnese, un incubo! Mi sono svegliata di soprassalto, tutta sudata; poi sono scoppiata a ridere. Ho mandato subito un sms a Marta raccontandole tutto per evitare di scordarmelo.

Venerdí pomeriggio

Oggi è il giorno fatidico. Siamo sole in casa di Marta, chiuse in bagno; io sono seduta sul bordo della vasca, con un asciugamano sulle spalle, come dal parrucchiere. Lei ha messo, sul mobiletto vicino al lavandino, tutto il necessario. Sono un po' nervosa.

«Allora vado?» mi sta chiedendo.

«Certo, comincia; mi raccomando, devo essere bella come quella del manifesto.»

«Tranquilla» e mi prende una prima ciocca.

Mentre 'lavora' cominciamo a parlare di Giò. Sono giorni che è sparita e il cell lo tiene spento per ore. Sara ha anche notato che ultimamente s'innervosisce subito, ed è diventata permalosa.

Forse dovremmo parlarle per sapere come si sente, come va a casa con la madre. Secondo me ha bisogno che le stiamo vicine, deve sapere di poter contare su di noi. Se succedesse a me una cosa del genere mi sentirei persa. E se non potessi parlarne con le mie amiche con chi potrei sfogarmi? Certo, l'argomento è imbarazzante; non è una cosa di tutti i giorni vedere i propri genitori separarsi. Forse spetta a noi prendere l'iniziativa, anche solo per farle sentire che le vogliamo bene.

Decido di organizzare una serata per il prossimo venerdí; magari possiamo prendere a noleggio un film.
«Potete rimanere anche a dormire, per i miei non c'è problema. Mia madre vuole solo saperlo in anticipo per potersi organizzare» concludo.
«Sí, mi sembra una grande idea.»
Comincio a smaniare, sono curiosa, ma non posso girare la testa per guardarmi allo specchio. Le chiedo se vengono bene, ma lei si mantiene sul vago. Non vuole che mi guardi, sostiene che è ancora presto. Insisto per sapere come sta andando.
«Bene, penso bene, ma non è cosí facile fissarli.»
«Fammi guardare un secondo» e provo ad alzarmi.
«No, aspetta almeno che finisca la parte bassa.»
«Ma se poi non mi piacciono?»
«Insomma, uffa, non ti fidi di me?»
«No, scusa... è che sono curiosa. Va bene, aspetto.»
Dopo dieci minuti mi agito di nuovo, non resisto piú, voglio guardare. Alla fine cede dicendo che anzi, forse è meglio, cosí le dico se andare avanti o meno. Cosa vuol dire? Mi alzo preoccupata e vedo la mia immagine allo specchio...
«Aaah!» urlo. «Sembro un'indemoniata!» Non riesco a credere ai miei occhi. «Ma cosa hai fatto? Come mi hai combinato?»
«Ma no, non ti stanno male, si vedono solo queste giunture, ma per il resto sono carini.»
Mi viene da piangere. Sembro la strega di Biancaneve. I capelli vanno in tutte le direzioni come le creste di un gallo. Inoltre si vede la colla. Sembra che abbia messo la mano nella corrente elettrica. Non uscirei di casa neanche fosse Carnevale!
«Ma forse se aggiungiamo altre ciocche per coprire...» prova a dire Marta.
La guardo con occhi di fuoco. Se fossi veramente una

strega potrei incenerirla. Oddio, i miei capelli! Ho aspettato tanto per averli un po' carini, e ora... Vorrei urlare! Anzi urlo a squarciagola, tanto in casa non c'è nessuno ed esco di corsa dal bagno. Ma mi sbagliavo! Appena fatti due passi mi trovo di fronte Marco che, sentendo le urla, è accorso e mi guarda allibito... no, dimmi che non è vero, dimmi che è solo un incubo. Mi rigiro e con la stessa velocità con cui sono uscita dal bagno ci rientro come un fulmine, e richiudo la porta a chiave. È troppo, questo è troppo, comincio a piangere, lunghe lacrime mi scorrono sulle guance.

«Ma non eravamo sole in casa?» chiedo a Marta tra un singhiozzo e l'altro.

«Te lo giuro, deve essere rientrato mentre eravamo chiuse in bagno» dice mortificata. È visibilmente imbarazzata, non sa che fare, mi guarda con aria incerta; prova a tranquillizzarmi dicendo che Marco non fa caso a queste cose. Già, ma io sí! Continuo a singhiozzare senza ritegno, dicendole che se non avesse insistito, adesso non mi troverei in questa situazione. Marta si scusa ancora, ammette che forse si è fatta prendere un po' la mano. Un po'? Ma come un po'? Sembro la settima strega! Alle lacrime subentra la rabbia... Coraggio, calma, devo stare calma. Respiro, sí, devo respirare, respiri lunghi e regolari, come dice la prof di ginnastica. Rimango in silenzio per un paio di minuti. Marta, imbarazzata, sta mettendo a posto gli oggetti sulla mensola. Alla fine, dopo essermi rilassata un po', penso che non è poi la fine del mondo. In fondo basta togliere tutto e dimenticare al piú presto, anche se è difficile cancellare l'ennesima figuraccia con Marco. Sospiro.

Marta, contenta di darsi da fare, si mette subito all'opera. Passa i successivi venti minuti cercando di staccare le varie ciocche. Niente! Sembrano fissate con l'Attak. Piú tira e piú mi fa un male da morire, ho tutta la testa indolenzita. E adesso? Mi butterei volentieri sotto un treno! Decidiamo di provare con lo shampoo, macché, non c'è verso; insistiamo usando la spazzola... peggio, si stanno increspando ancora di piú dove c'è la colla. Sono tutti aggrovigliati. Dopo un'ora di vani tentativi, depresse e sfinite, gettiamo la spugna. Decidiamo di chiedere aiuto alla zia Mapi.

«Marta, tesoro, come stai? Sono al vivaio con Giselda, la mia amica, la sto aiutando a prendere un grande vaso per il suo terrazzo.»

«Senti... scusa se te lo chiedo, ma non è che verresti qui da me subito?» dice Marta con un filo di voce.

«È successo qualcosa?»

«No, ecco, ti ricordi i capelli che hai regalato a Vale?»

«Sí.»

«Abbiamo provato ad attaccarli direttamente ai suoi.»

«In che senso? Ma non dovevate farci una parrucca per la recita?»

«No, cioè sí, all'inizio... ma poi abbiamo pensato che era piú carino se li attaccavamo direttamente ai capelli.»

«Marta, ma come vi è venuto in mente?» Un minuto di silenzio, ora è Marta che vorrebbe sprofondare.

«Insomma zia, devi venire qui subito, Vale non vuole uscire dal bagno, si è barricata dentro, ha detto che se non le trovo una soluzione non mi parla piú!» In effetti non scherza.

«Va bene, state calme, i tuoi dove sono?»

«Sono fuori, c'è solo Marco.» Me ne sono accorta, penso io, alzando gli occhi al cielo.

«Mamma comunque non deve saperlo, se lo scopre si arrabbia un casino e non mi fa uscire per una settimana.»

«Te lo meriteresti! Okay, sarò lí tra mezz'ora.»

* * *

Dopo avermi osservata attentamente, la zia Mapi conclude che l'unica soluzione è andare dal parrucchiere e tagliare tutto. Prova anche a tirarmi su di morale dicendomi di non preoccuparmi, il suo Tony è bravissimo; mi farà ancora piú carina. Non riesco a sorridere e Marta sta in silenzio a testa bassa. Poi la zia chiama mia madre e le spiega il fatto prima di riaccompagnarmi a casa.

Entro in casa cercando di essere il piú invisibile possibile, ma appena metto la chiave nella toppa mia madre appare all'ingresso. Capisco subito che è arrabbiata e sta per dirmi qualcosa, poi mi osserva meglio, e vedendo la mia faccia afflitta, cambia idea. Si tranquillizza, diventa piú affettuosa e ride anche un po'. Provo a dirle se posso non andare a scuola, ma non sente ragioni, non le sembra la fine del mondo; basta mettere un bel cappello, conclude. Pensa che figura arrivare in classe e rimanere tutto il tempo con il cappello in testa; magari con uno di quelli larghi che andavano negli anni '50, che lei tiene come collezione; sarei ridicola, mi prenderebbero tutti in giro. Alla fine, dopo vari tentativi, capisco che non c'è niente da fare, a scuola ci devo andare; speriamo non accada nulla di irreparabile.

«Ma che cosa hai fatto ai capelli, Vale?» mi chiede quella vipera di Fede appena mi vede entrare in classe. Ho optato per una semplice fascia che ne copre una bella fetta, ma a quanto pare non è sufficiente.

Non sapendo che risponderle le dico che sto facendo delle prove per una festa mascherata. E non perde occasione per prendermi in giro.

«Ma se Carnevale è appena passato! Forse ti stai preparando per fare l'uovo di Pasqua!» Sento tutta la classe ridere. Che spirito di patate! Divento tutta rossa, per fortuna in quel momento entra la prof d'italiano, altrimenti l'avrei presa a schiaffi. Finalmente mi rilasso e dimentico i capelli. È cosí, la prof mi fa questo effetto. È una persona dolcissima, magra, con degli occhiali buffi che si aggiusta ogni due minuti. Ha l'abitudine di parlarti vicinissimo, forse perché non ci vede bene. Quando tocca a me, trattengo il respiro; non oso spiccicare parola. E se avessi l'alito cattivo? Lei ovviamente non lo fa apposta, poverina, però è imbarazzante.

Ha una vocina che sembra uscita dalle fiabe. Non si è mai sposata ed è, come dice mamma scherzando, ancora 'signorina'. Ha sempre vissuto con la sorella. Si veste in modo bizzarro, pare di un altro secolo. Una volta, con mia madre, sono andata a trovarla a casa, mi aveva promesso un libro da leggere per le vacanze di Natale. Appena arrivate, lei e la sorella ci hanno fatto accomodare in soggiorno in una stanza enorme, buia, opprimente, piena di soprammobili, tendine e tovaglie di pizzo. E quasi subito si sono messe a litigare perché la sorella della prof voleva a ogni costo far assaggiare a mia madre un liquore all'anice che aveva preparato con le sue mani. Sembrava di essere in un vecchio film in bianco e nero di Totò e Peppino; per poco non scoppiamo a ridergli in faccia. Ma forse è proprio la sua aria stralunata che mi fa tenerezza, e poi è romantica come me. È appassionata di classici: *Madame Bovary* di Flaubert è il suo romanzo preferito. Ogni volta che lo comincia, e secondo noi l'ha già fatto almeno una dozzina di volte, le viene da piangere. Noi appena possibile le chiediamo di raccontarci la storia, anche se la conosciamo a memoria, o dei brani, e lei non se lo fa ripetere due volte. Conosce a memoria interi capitoli e il pezzo che ama di piú è quello in cui Emma dice:

> 'Dio mio, perché mi sono sposata.' Emma si chiedeva se avesse potuto, per una diversa sorte, sposare un altro, e

cercava di immaginare gli avvenimenti non avvenuti, che vita avrebbe vissuto, con quale sposo. Nessuno dei mariti che immaginava somigliava a Charles...

Noi, molto malignamente, pensiamo che alla prof piace tanto questa parte perché lei si immedesima in Emma e probabilmente, nei suoi pensieri il testo inizia con: «Dio mio, perché *non mi sono mai* sposata.» Anche se la prendiamo in giro, le vogliamo bene.

Mia mamma, che l'ha letto, sostiene essere un bel libro, ma sicuramente non il migliore di quelli che ha letto. Si vede che lei è una tipa poco romantica! Papà poi non ne parliamo, preferisce i contemporanei. Chi ama i classici è una persona che vuole rimanere legata al passato, un conservatore, sostiene. Cosí appena può stuzzica mia madre, facendo battute sulle sue letture, sapendola molto sensibile su questo argomento.

Quest'anno invece, per le vacanze, la prof ci ha dato da leggere un classico e un contemporaneo, *Il barone rampante* di Italo Calvino e *Il bar sotto al mare* di Stefano Benni.

I miei pensano che ci dia dei testi non proprio adatti alla nostra età, ma la prof sostiene che bisogna cominciare presto a leggere cose per adulti, variando per abituare la mente a ragionare, riflettere. Ogni storia, anche complessa, può trasmetterci qualcosa, magari alla nostra età non capiremo tutto, ma l'importante è cominciare.

A me piace molto leggere, forse perché a casa mia ci sono sempre stati tanti libri. Spesso a casa, durante la cena, facciamo un gioco. Ognuno di noi, a turno, racconta un pezzo del libro che sta leggendo in quel momento e gli altri devono immaginare il seguito. Ogni volta escono fuori delle storie buffe, strane, bizzarre. Poi la volta dopo scopriamo se siamo andati vicino alla realtà oppure no; troppo divertente. Sí, lo so, non siamo una famiglia normale!

* * *

Finalmente suona la campanella, non ne posso piú, non vedo l'ora di arrivare a casa. La storia dei capelli mi ha stressato. A ricreazione mi hanno tutti preso in giro; non c'è niente da fare, piú uno vuole essere invisibile e piú viene notato.

Sto uscendo dalla classe con Marta per scomparire il prima possibile, quando mi sento chiamare.

«Valentina?»

«Sí?» Mi giro di scatto e chi trovo davanti? Ale, che sfiga!

«Ciao, sono Alessandro, non ti ricordi?» E come potrei non ricordarmi di te, sei cosí bello! Vorrei perdermi in quegli occhi e poi quelle labbra... dio, quelle labbra, cosí perfette, cosí morbide, cosa darei per baciarle. Arrossisco per la mia audacia, non l'avrei mai detto! Devo avere lo sguardo perso nel nulla, per fortuna Marta mi viene in soccorso.

«Sí, ci siamo visti l'altro ieri, quando ti sono venuta addosso, no?»

«Infatti» ridacchia Luca, l'amico. Devo concentrarmi, non posso apparire cosí distratta, chissà cosa penserà di me; inutile che mi faccio delle strane idee, tanto a lui interessa solo la nostra 'tanto simpatica' compagna di classe. Brava, forse se penso a qualcosa di negativo riesco a spiccicare qualche parola.

«Giusto... ciao.» Dio che tristezza, tutto qui quello che riesco a fare? All'improvviso mi sento tirare i capelli... nooo... quell'odiosa di Claudia, passando, mi ha slacciato la fascia dei capelli. La sfortuna si è accanita su di me!

«Oddio, ma che hai fatto ai capelli?» Ale mi guarda costernato e subito dopo lui e Luca scoppiano a ridere, dandosi dentro di gomito.

Non è giusto, la vita è proprio crudele! Divento di

mille colori e se non era per la prontezza di Marta, che mi trascina via, sarei svenuta lí ai suoi piedi!

Voglio morire, non avrò piú il coraggio di guardarlo in faccia. Marta cerca di risollevarmi, dicendo che in ogni caso devo essere contenta, è venuto lui a cercarmi e si ricordava anche il mio nome. Sí è vero, ma ormai, dopo questo episodio, non mi rivolgerà piú la parola, anzi ogni volta che mi incontrerà si sbellicherà dalle risate. Sono diventata lo zimbello della scuola; è tutta colpa di Claudia, ma che le ha preso? Che le ho fatto di male? Sarà cotta di Ale anche lei, altrimenti non si spiega. Guardo Marta con aria risentita.

«Sí, lo so, non dire niente, è tutta colpa mia, scusa, mi devo far perdonare.»

«Ecco brava, come?»

Ci pensa un po', poi la vedo illuminarsi e soddisfatta decide di regalarmi i suoi nuovi jeans corti, e in un attimo mi passa tutto. Non ci posso credere, proprio quei jeans che abbiamo comprato insieme. Mi commuovo! Non posso accettare ma solo l'idea mi riempie di gioia; è proprio la mia migliore amica. Lei insiste, ci abbracciamo commosse e alla fine accetto, ma solo per un periodo.

Intanto siamo arrivate dal fornaio all'angolo, dove Giò e Sara ci stanno aspettando. Che odorino, mi è venuta una fame da lupi. Entriamo.

«Vale, ma che hai combinato?» mi chiede Sara costernata.

«Cosa... ah, i capelli, opera dell'artista qui accanto!»

«Marta! E dire che volevi farli anche a noi! E ora?» continua Giò, svegliandosi dal suo letargo.

«Vado dal parrucchiere della zia Mapi alle quattro.»

«Che fico, allora veniamo anche noi.»

Mentre aspettiamo il nostro turno per ordinare qualcosa da mangiare, ricordo loro della serata di venerdí, quella organizzata per far sentire a Giò che le siamo vicine in questo momento; ma lei prova a fare qualche resistenza. Alla fine, di fronte alla famosa lasagna di mia madre, capitola, altro che film! A volte basta poco per convincere le persone, specialmente se si conoscono i loro punti deboli; sorrido mentre esco dal forno, addentando un pezzo di pizza fumante.

Il parrucchiere della zia Mapi è un posto meraviglioso, di quelli che vedi nei film.

Grande, pieno di ragazze in camice bianco che lavano, asciugano, tagliano, si sentono mille profumi. Una signora sta seduta con aria rilassata, chiacchiera con il ragazzo che le asciuga i capelli; sfoglia una delle tante riviste di pettegolezzi che ci sono lí; mentre una tipa, sempre con il camice, le tiene una mano e le fa le unghie. Lui si muove veloce, le gira intorno, le fa mille complimenti; poi le spruzza qualcosa sui capelli e alla fine la guarda con aria soddisfatta. «Che ne dici, non sono fantastici? Guarda qui, che bei riflessi, ti fanno il viso piú luminoso.» Lei è radiosa, si sente una diva del cinema.

Noi ci guardiamo intorno con aria persa. Le poche volte che sono andata da un parrucchiere è stato per accompagnare mia madre o per spuntare i miei capelli. Quel luogo ha un fascino tutto particolare. Forse perché sembra magico, entri in un modo ed esci in un altro. Avere la possibilità di trasformarsi da rossa in bionda, da liscia a riccia o viceversa, ti fa sentire una persona diversa, e forse per un momento lo diventi davvero. E poi quegli oggetti strani, il casco, le cartine, la cuffia, la lampada rossa, sembra un luogo spaziale.

«Buongiorno ragazze, chi di voi è Valentina?» chiede una ragazza venendoci incontro. La zia deve aver avvertito. Faccio un passo in avanti, preoccupata, mi sento come a scuola durante un'interrogazione!

«Se vuoi andare nello spogliatoio, puoi togliere la maglia e mettere un camice pulito che trovi sul ripiano della finestra, e appena sei pronta puoi andare a sederti lí» mi dice indicando prima lo spogliatoio e poi una sedia davanti a uno specchio. «Intanto avverto Tony che sei arrivata.»

Marta e le altre si siedono sui divanetti vicino all'ingresso, ma dopo neanche un secondo sono tutte e tre vicino a me, Tony è uno schianto! Magro, alto, capelli un po' lunghi, occhi verdi, un accenno di barba... un sogno, ed è anche simpatico.

«Allora, Valentina, vediamo un po' cosa si può fare» mi sorride incoraggiante e si mette all'opera. Per tutta l'ora seguente Marta, Sara e Giò non fanno altro che girare intorno a Tony, chiedendogli di tutto; sembrano delle galline che starnazzano; mi sento imbarazzata per loro. Gli stanno vicino, ridacchiano, si scambiano occhiate furtive, ammiccano, non la smettono di fargli domande; vorrei non fossero venute. Lui, invece, è palesemente divertito mentre io mi sento un'idiota lí nel mezzo; sono preoccupata per i miei capelli, vedo che taglia, taglia; non sarà troppo distratto a rispondere alle mie amiche? E quanto impiegherò a farli ricrescere?

Dopo un po' Tony finalmente si ferma. Con uno specchio in mano mi spiega che ha dovuto tagliare tutta la parte in basso, ma per fortuna è riuscito a non accorciare troppo. Sembra molto soddisfatto. Sostiene che in questo modo ha valorizzato di piú il mio viso. Ogni tanto, mentre parla, chiede consiglio alle mie amiche, che ovviamente annuiscono cinguettando. Provo a ignorarle e mi guardo allo specchio.

Devo ammettere che sto bene, pensavo avesse tagliato di piú. I capelli adesso arrivano alle orecchie, davanti mi ha fatto anche una leggera frangetta che, come dice lui, mi dà un'aria piú sbarazzina. Sí, mi piacciono, anche i riflessi rossi sono ancora piú evidenti.

«Allora,» insiste lui guardandomi «se non ti piace qualcosa dimmelo, possiamo cambiare, ti vedo incerta.»

«No, no, mi piacciono» gli sorrido timidamente.

«Perfetto, allora adesso ti preparo delle creme da applicare sui capelli ogni volta che li lavi, per aiutarli un po'» e si allontana tornando, subito dopo, con un sacchetto.

«Ecco qui, questo è per te e mi raccomando... non fare troppa strage di cuori con questo nuovo look» dice strizzandomi l'occhio. Sorrido mentre mi alzo dalla sedia. «L'hai conquistato, beata te!» mi sussurra Marta con una punta d'invidia.

«Smettila!» le dico avviandomi allo spogliatoio.

«Ciao, Valentina, ti aspetto la prossima volta» saluta Tony mentre si avvia verso una signora che gli manda sguardi languidi.

Quando ti fai qualcosa di nuovo, come i capelli, ti senti diversa, piú frizzante e sicura di te. La mattina dopo, a scuola, forse anche per rifarmi del giorno precedente, giravo per i corridoi a testa alta.

Fede e le sue amiche, quando mi hanno visto sono rimaste talmente sorprese da non riuscire a dire niente... era ora!

Avevo deciso, d'accordo con le altre, di fare in modo di attirare l'attenzione di Ale. Cosí a ricreazione io e Marta ci avviciniamo a Sara e Giò che stavano chiacchierando con lui, Luca e altri due loro compagni di classe, Filippo e Matteo.

Ho le mani sudate e sento il cuore andare a tremila. Non credo di farcela. Stringo il braccio di Marta provando a fermarla, ma lei mi ignora. E se quando mi vede fa qualche battutaccia e scoppiano tutti a ridere?

Non ce la faccio; mancano pochi metri quando sento i piedi bloccarsi, lui si è girato e mi sta guardando. Socchiude gli occhi e gira leggermente la testa di lato, come per guardarmi meglio. Quanto è bello, come ho potuto pensare di avere qualche chance con un figo come lui? Guarda che occhi, che sorriso, sembra una tigre pronta a mangiarti. Chissà cosa sta pensando. Continua a guardarmi, sento il suo sguardo che vaga sul mio corpo; che mi sono messa oggi, la gonna? No i jeans, peccato, domani mi metto la gonna rossa che mi fa piú magra; ma che idee mi vengono? Sta pensando a quanto sono insignificante. No, devo andare via, non ce la faccio a resistere a quel sorriso. Stringo ancor piú il braccio di Marta, sto per girarmi e darmela a gambe levate quando sento la voce di Sara: «Eccovi, finalmente, dove eravate finite?» Marta sorride.

«Il prof di matematica ci ha trattenute» risponde prontamente, beata lei che è cosí padrona della situazione, ma possibile che solo io sento le gambe molli come un budino? A lei Luca non fa nessun effetto? Continuo a sentire i suoi occhi su di me. In uno slancio d'audacia lo guardo... Mi sorride, ma allora forse... i miei capelli hanno veramente fatto colpo! Sono al settimo cielo. Grazie, Tony. Continuo a sorridere, abbasso gli occhi intimidita, li rialzo e i suoi sono ancora lí fissi su di me. Giro la testa dall'altra parte, mi manca il respiro, mi gira la testa... possibile che sono cosí fuori? Provo a concentrarmi su quello che stanno dicendo gli altri. Una festa, che festa? Ma di che stanno parlando? Non riesco a seguire. Mi giro verso Marta giusto in tempo per accorgermi che lei e le altre si stanno allontanando. Ma che mi sta succedendo? Balbetto qualcosa di incoerente e le raggiungo. Il sangue torna a scorrere normale.

«Ehi, Vale, dove stai con la testa, tutto bene?» mi dice Marta divertita.

«Ci sono, ci sono...» e provo a concentrarmi su ciò che stanno dicendo.

Stanno parlando della festa. Allora qualcosa avevo capito!

La organizzano Filippo e il fratello in un locale a Testaccio. Ci assicurano che sarà sicuramente molto divertente. Anche solo per la musica, Filippo è un mago, un grande dj.

Giò sentendo parlare di lui sospira. Poverina, ne è follemente innamorata, ma non osa fare un passo per paura di un rifiuto. Lui sembra sempre cosí timido, silenzioso, raramente le rivolge la parola. Per noi il problema è lei, non lui. Da quando la conosciamo sembra un maschiaccio per come si comporta e si veste; porta sempre e solo jeans e magliette lunghe fino al sedere che, sostiene, è piú grande di quello di Jennifer Lopez. In realtà è solo molto formosa, con un seno abbondante. Non è molto alta, ma ha dei bei capelli neri, corti e ricci. Ma gli occhi sono la parte piú bella, scuri con ciglia foltissime; per non parlare del carattere, cosí positivo, sempre allegro e gioioso. Se non fosse cosí golosa riuscirebbe anche a dimagrire un pochino, ma è piú forte di lei!

Ridacchiamo euforiche pensando alla festa. Finalmente ci hanno invitate... che fico. Dobbiamo organizzarci con largo anticipo, è la nostra grande occasione, o per lo meno la mia; almeno posso vedere se riesco a essere meno imbranata di quella volta al locale in via Po. E poi stiamo per affrontare il numero 8 della nostra lista: Uscire, speriamo, con i due piú fighi della scuola, Ale e Luca. Che emozione!

Abbiamo l'opportunità di verificare se i cambiamenti portano a qualche risultato... tipo fare innamorare follemente Ale di me! Sospiro, sognando a occhi aperti. In ogni modo mi sembra una buona occasione per farmi il famigerato piercing al naso (numero 2 della lista), sperando che i miei non si accorgano di niente. Anche se fanno tanto gli aperti, mi direbbero sicuramente che è ancora un po' presto per certe cose. Eppure i buchi alle orecchie me li hanno fatti fare... in ogni caso una soluzione la troverò, in fondo domani è un altro giorno, come dice Rossella O'Hara in *Via col vento*.

Lo sfogo di Giò

Siamo ancora tutte e quattro super eccitate per questa festa inaspettata. A cena con noi c'è solo mia madre, papà è uscito con un suo amico. Le lasagne, neanche a dirlo, sono fantastiche.

«Allora ragazze, cosa mi raccontate? Come state? È tanto tempo che non vi vedo» dice mia madre rivolta a Sara e Giò.

«Bene, signora» rispondono in coro.

«Come vanno le lezioni di danza? Fate progressi? Uno di questi giorni vengo a vedervi.»

«Ci divertiamo moltissimo, lunedí scorso l'insegnante ha proposto a ognuna di noi un assolo» risponde Sara.

«Che brave! Come stanno i tuoi, tua madre tutto bene?» chiede rivolta a Giò.

Vediamo Giò irrigidirsi, ma mamma non se ne accorge e per dieci minuti buoni continua a fare domande indiscrete, non capendo che la sta mettendo in imbarazzo. Finalmente Marta riesce a intromettersi tra una domanda e l'altra chiedendole cosa ne pensa del mio nuovo taglio di capelli.

«Molto carino. Certo ci voleva tutta quella colla per farle tagliare i capelli. Anzi, Vale,» dice guardandomi «ricordati di fare un regalo alla zia di Marta.»

Sí è vero, la zia è stata meravigliosa, quando sono andata alla cassa per pagare, la signora ha detto che era tutto a posto e potevo andare. Cosí con una parte dei soldi che mi aveva dato mia madre per il parrucchiere, ho pensato di comprarle qualcosa, anzi devo chiedere consiglio a Marta. Chiacchieriamo ancora un po' e poi ci chiudiamo in camera mia. Accendo il computer, ci sediamo tutte vicine e cominciamo a cercare in rete: piercing. Ci appuntiamo due posti che ci ispirano, vicino casa. Sara si offre di andare a dare un'occhiata l'indomani dopo aver accompagnato sua madre al supermercato lí vicino. Chiede a Giò di accompagnarla.

«Non posso, devo essere a casa non piú tardi delle sette, ultimamente mia madre è diventata molto apprensiva.»

«Allora ci possiamo andare dopodomani.»

«Non so cosa dire, in questo periodo non posso fare molti programmi, a casa mia c'è un po' di confusione» continua.

Prendiamo la palla al balzo e le chiediamo come sta.

Sembrava non aspettasse altro. Racconta che ha alti e bassi; a momenti è arrabbiata con il padre che se n'è andato cosí all'improvviso, e in altri pensa che è colpa di sua madre. È tutto cosí strano; la madre entra continuamente in camera chiedendole come si sente, se ha fame, sete, sonno. Il padre, poi, la chiama tutti i giorni per un saluto; dice che non deve preoccuparsi, è solo un periodo. Con lui ha sempre avuto un legame forte. Si è momentaneamente trasferito da una coppia d'amici. Continua dicendo che le cose non andavano bene già da tempo, hanno voluto aspettare che lei fosse piú grande. A lei non sembrava che le cose andassero cosí male, anche se ammette che litigavano spesso. Non ci capisce piú niente, sa solo che improvvisamente si sente persa e le pesa rientrare a casa e non trovare suo padre pronto a parlarle e a ridere insieme.

«Non mi sembra sia sparito» dice Marta per consolarla.

«Anzi, ti sta chiamando tutti i giorni» aggiungo io.

«Sí, ma non è la stessa cosa.»

«Certo, hai ragione, ma forse è solo un periodo veramente...» proseguo «e poi magari adesso lo vedrai ancora di piú!»

«Sí, ma non insieme a mamma.»

Non sappiamo cosa dire. Due grosse lacrime le scendono sulle guance. Abbassiamo gli occhi, imbarazzate. Mi si stringe il cuore, vorrei fare di piú, ma non so bene cosa. Non riesco a trattenere una lacrima; l'asciugo veloce con la mano, e guardando furtiva le altre, mi accorgo che anche loro hanno gli occhi lucidi. In uno slancio mi alzo e abbraccio Giò; le sussurro che non si deve preoccupare, che sicuramente tutto si aggiusterà, che può contare sempre su di noi, le vogliamo tanto bene e le siamo vicino. Anche Sara e Marta si alzano e la stringiamo tutte ancora piú forte. Rimaniamo cosí per non so quanto tempo, poi con calma ci sediamo di nuovo. Accendo lo stereo, piano. Stanno mandando una canzone dei Subsonica.

È strano, fino a ieri il nostro mondo era fatto solo di cose belle, favole, sogni fantastici, e ciò che condividevi con le tue amiche pensavi fosse l'unica realtà, il resto non ti riguardava; non avresti mai pensato che potesse arrivare un qualche elemento indipendente a modificarla; le cose sono cosí perché non potrebbero essere diverse. Poi ti capita un fatto come quello di due genitori che si lasciano e la tua realtà cosí rosea, idilliaca, si incrina, come se venissi di colpo lasciata da sola in mezzo al mare, e ora? Pensi, cosa potrà succedermi? Come potrò continuare a vivere normalmente? Come potrò ridere, giocare, divertirmi? Mi sento male solo all'idea che i miei genitori un giorno potrebbero lasciarsi, e non li avrei piú lí, sempre vicino a me. Mi manca l'aria, mi avvicino alla finestra e l'apro. Ma che vado a pensare, per i miei è diverso, loro si amano... o no? Vacillo e appoggio la fronte al vetro.

«Adesso basta però, non voglio asfissiarvi con le mie lagne» riprende a parlare Giò dopo un attimo di silenzio, asciugandosi un'ultima lacrima. «Anzi, con tutti questi tristi pensieri mi sono dimenticata di raccontarvi cosa mi è successo.» Sorride.

Mi distolgo da quei lugubri pensieri e mi avvicino alle altre senza lasciare trasparire la mia ansia.

«Cioè?» la guardiamo tutte e tre con aria interrogativa.

«Una cosa incredibile.»

«Insomma Giò, non farci stare sulle spine, bella o brutta?»

«Bella, bella, questa volta bella. Ieri pomeriggio ero in macchina con mia madre; stavamo tornando dal dentista quando ci fermiamo al semaforo di via Cola di Rienzo. Mi giro, guardo fuori dal finestrino e chi vedo?»

«Chi?»

«Indovinate!»

«Lo conosciamo?»

«Assolutamente sí... ma non dal vivo.»

«Dài, falla finita, chi hai visto?»

«Silvio Muccino.»

«Ma smettila» gridiamo in coro.

«Ve lo giuro!»

«Sarà stato uno che gli somigliava.»

«Ma no, vi dico che era proprio lui, all'inizio l'avevo

riconosciuto; dopo un po' ho guardato meglio, e per poco non mi prende un colpo.»

«Oddio, Giò, non ci posso credere, beata te, e com'è, carino?»

«Caaarino? È da paura!» e ride.

Giò è cosí, un attimo è triste e il momento dopo ti fa morire dalle risate. E per fortuna, la sua euforia è contagiosa.

Il n. 5 della lista

Decidiamo con Marta di andare alla Rinascente, quella di piazza Fiume; amiamo tanto tutte e due i posti grandi dove puoi entrare e guardare quello che vuoi senza che nessuno ti dia fastidio o chieda qualcosa. Vorremmo comprare un ombretto per gli occhi, qualcosa di brillante 'per truccarci in modo giusto', numero 4 della nostra lista. Abbiamo cominciato i preparativi per la festa! Marta mi ha portato i suoi jeans corti, come promesso, che sicuramente metterò per la grande occasione.

Ci fermiamo al reparto della *Pupa* a guardare i trucchi e ci entusiasmiamo subito; tutti quegli ombretti multicolori, i lucidalabbra, i rossetti fluorescenti. Proviamo tutto, un gloss alla pesca, un ombretto azzurro, una matita contorno occhi, un rimmel per le ciglia, uno smalto pieno di pagliuzze metallizzate. Ci guardiamo allo specchio con approvazione; siamo indecise, vorremmo prendere ogni cosa, ma non possiamo. Alla fine optiamo per una piccola trousse che contiene un po' di tutto, cosí la possiamo usare tutte e due. Sto finendo tutti i soldi e devo ancora comprare il regalo alla zia Mapi; pensavo a un libro, Marta mi ha detto che sicuramente le piacerebbe un thriller.

Saliamo con la scala mobile al primo piano e ci fermiamo al reparto biancheria intima. Numero 5: Indossare un pushup.

Ci sono dei modelli stranissimi, cominciamo a ridere come matte. Ma chi si metterà mai queste cose.

«Marta, perché non proviamo un pushup?»

«Dài, sí, ma che misura, mi sembrano tutti enormi.»

Non siamo tutte e due molto procaci. Alla fine ne scegliamo due e ci dirigiamo verso i camerini, ma dopo soli due passi vado a sbattere addosso a Marta; si è improvvisamente bloccata.

«Ma che diavolo...»

«Vale, non ci crederai, ma ci sono Luca, Filippo e Matteo.»

«Dove?»

«Lí, vicino alla scala mobile.»

Mi giro e li vedo che si aggirano tra i reggiseno.

«Ma che fanno? Non è che ci hanno seguite?»

«Non saprei, abbassati, non farti vedere.»

Ci nascondiamo dietro una colonna.

Loro ridacchiano mentre osservano dei completini tutti merletti e pizzi.

«Sono proprio dei bambini.»

«Andiamo lí a dirgliene quattro.»

«Con questi in mano?» e indico i nostri.

«Cosa state facendo qui?» ci chiede una commessa con aria sospetta.

«No, niente, volevamo solo provarli, ma...»

«Ebbene?» Si sta innervosendo.

«Be', ecco... vede quei tre ragazzi là?»

Lei si gira.

«Sono a scuola con noi, devono averci seguite e ci vergogniamo a farci vedere con questi in mano» conclude Marta.

«Ho capito.» A questo punto si rilassa. «Aspettate un

momento qui» e con passo deciso s'incammina nella loro direzione.

«Ragazzi, avete bisogno d'aiuto?» chiede.

Presi alla sprovvista, alzano gli occhi verso di lei, diventano rossi e fuggono verso la scala mobile.

Lei si gira e ci strizza l'occhio. «Via libera» dice.

Troppo simpatica la tipa.

«Come mi sta?» chiedo timidamente a Marta.

«Cavolo, Vale, ti fa due tette stratosferiche.»

«Marta!» replico imbarazzata.

«Giuro, ti sta da dio, devi prenderlo, sembri l'Arcuri.»

«Non sono troppo, non sono... eccessive?» Non mi sento troppo a mio agio, con questo reggiseno che mi stringe.

«A parte gli scherzi, Vale, per me va bene e poi non devi mica metterlo con delle magliette troppo scollate.»

«Sí, ma non è tanto il mio genere.»

«L'importante è saperlo usare nel modo giusto» e mi strizza l'occhio.

«Okay, lo prendo, ma solo se lo fai anche tu.»

«Ovvio!» e mi sorride.

Appena fuori ritroviamo Luca, Filippo e Matteo.

«Ehi, ragazzi, cosa ci fate qui? È inutile che fate finta di niente, vi abbiamo visto prima al reparto biancheria intima, ci stavate forse seguendo?» chiede Marta avvicinandosi.

«Ma chi, noi? Figurati» risponde Luca un po' imbarazzato.

«Allora cosa ci facevate proprio lí?»

«Ma, veramente stavamo solo guardando... be', ecco...» balbetta Luca, rosso in viso.

«Insomma... dovevamo fare un regalo a mia sorella» arriva in suo soccorso Filippo.

Io e Marta ci guardiamo.

«Ma quanti anni ha?»

«Be', nove.»

«Sííí, figuriamoci, a nove anni mica si regalano certe cose.» Ridiamo entrambe.

«Va bene, comunque noi stiamo andando al cinema, qui dietro, a vedere *Notte prima degli esami*, venite anche voi?» chiede Luca, cercando di cambiare argomento, visibilmente seccato di essere stato colto in fallo.

Dopo un attimo d'indecisione accettiamo. Marta non sta nella pelle, poter stare un'ora e mezza vicina a Luca è un'occasione imperdibile, e Filippo e Matteo sono molto simpatici.

Senza la presenza di Ale siamo tutti piú rilassati; Filippo poi è proprio un'altra persona, piú dolce, loquace, divertente, adesso capisco cosa ci trova Giò in lui. Andiamo al Savoy che sta lí vicino. Ci sediamo nelle prime file e prima d'entrare ci compriamo popcorn, formato gigante. Marta e Luca si siedono vicino. Lui le dice qualcosa all'orecchio, lei ridacchia; com'è tutto facile per lei. Mi giro verso gli altri, Matteo sta raccontando che i suoi gli hanno regalato un telescopio e passa tutte le sere a individuare le stelle. Dice che ne esistono una quantità impressionante. Si vede proprio che è una cosa che lo entusiasma, gli brillano gli occhi quando ne parla. Da grande vuole andare nello spazio, per poter toccare le stelle con le mani! Bello avere una passione cosí grande.

«Mi sono proprio divertita» dico a Marta mentre torniamo a casa, dopo il cinema.

«Sí, il film era carino anche se avere Luca tutto quel tempo cosí vicino non mi ha fatto stare rilassata.»

«Figurati. Ma che ti ha detto all'orecchio a un certo punto?»

«Mi ha chiesto il numero del cell.»

«E tu?»

Non fa in tempo a rispondere che le arriva un messaggio.

«È lui.»

Sorrido.

«Dice che sono simpatica e carina e mi chiede se domani può accompagnarmi a casa, dopo scuola.»

«Non perde tempo, mi pare.»

«Giusto, hai ragione, faccio un po' la preziosa?»

«Direi proprio di sí» replico, un po' indignata.

Oggi abbiamo danza, ma prima di andare a lezione passiamo al negozio per il piercing.

«Vale, ieri com'è andata con i tuoi, il film era divertente?» mi chiede Giò.

«Ragazze, per fortuna che toccava a me scegliere, mi sono vista *L'era glaciale* 2 per la seconda volta, troppo divertente.» Ridiamo.

È sí, la domenica se rimaniamo a casa c'è un appuntamento fisso, che ormai è diventato quasi un gioco: verso le sei, papà comincia a tormentarci: «Ragazze, vi vorrei ricordare l'impegno di questa sera, non lo dimenticate!» Ridacchiamo. Alle otto usciamo a caccia di pizza al taglio, il motto è: tanti pezzi, tutti diversi. Il pizzaiolo, che ormai ci conosce, penserà che siamo una famiglia numerosa, ne prendiamo una quantità esagerata. Poi tocca al DVD e la scelta spetta a turno, io amo le storie d'amore, che mio padre detesta; a lui piacciono i thriller o le commedie. Mamma invece ama dei film assurdi, di una noia mortale, tutte storie complicate, tragiche.

Per fortuna lo sa, cosí quando tocca a lei scegliere tiene conto dei nostri gusti.

Entriamo nel negozio. Sono emozionatissima, finalmente mi farò il piercing al naso, mettendo uno di quegli orecchini con i brillantini che mi piacciono tanto. La commessa ci impiega due minuti a fare il buco, non sento quasi niente. Poi mi mette un piccolo orecchino che devo tenere per un po', prima di cambiarlo con quello che mi piace. Sono al settimo cielo, ogni secondo giro la testa per guardarmi allo specchio e prima di uscire chiediamo alla ragazza del negozio se conosce qualcuno che fa tatuaggi. Lei ci pensa un po' e poi si ricorda di uno molto bravo a viale Marconi. Ci scrive su un foglietto il nome, indirizzo e numero di telefono e ci raccomanda di non andare in posti dove non sterilizzano l'ago, per via delle infezioni.

La ringraziamo e usciamo. Adesso devo solo inventarmi qualcosa per non farlo scoprire ai miei. Decido che la cosa migliore è metterne un altro finto, di quelli che si appoggiano solo, cosí se me lo chiedono stacco quello finto. Mi sembra un'ottima idea e dovrebbe funzionare, penso sicura di me.

Siamo arrivate in palestra; entriamo negli spogliatoi e ci cambiamo.

«Ragazze, ho bisogno di trovare un lavoro» ci dice Sara.

«Come mai?»

«Ho bisogno di soldi, i miei me ne danno pochi e non mi va di star lí a chiedere. Mi ci pago appena la merenda a scuola.»

«Che tipo di lavoro vorresti?»

«E poi quando ci andresti? La mattina siamo a scuola, o te ne sei dimenticata?»

«Pensavo due, tre volte a settimana, di pomeriggio.»

«L'hai detto ai tuoi?»

«No, non voglio.»

«Ma non puoi non dirglielo.»

«Prima lo trovo e poi li avverto.»

«Sai già dove andare?»

«No, per questo ve lo sto chiedendo, ho bisogno del vostro aiuto.»

Ci pensiamo e alla fine le consigliamo di provare in un negozio di animali, a lei piacciono cosí tanto. Sembra entusiasta.

Entriamo veloci in palestra e ci mettiamo ai nostri posti, l'insegnante è già entrata.

«Ragazze, veloci, cominciate a riscaldarvi, tra cinque minuti iniziamo.»

Quest'anno facciamo una coreografia con musica dance mixata dall'insegnante. Il gruppo è composto da noi quattro piú altre cinque ragazze, piú o meno della nostra stessa età. Sono tutte molto simpatiche e abbiamo fatto amicizia, due di loro le conosciamo dall'anno scorso. Quando ballo provo una strana sensazione, mi dimentico tutto quello che sta intorno e senza vergogna o timore mi lascio trasportare dal suono, la musica mi arriva fin dentro e non riesco a stare ferma, è come se il mio corpo si muovesse da solo. E la cosa incredibile è che anche alle altre ragazze fa lo stesso effetto, forse è merito dell'insegnante che ha una carica enorme. Alla fine della lezione siamo sempre stremate ma felici.

La mattina dopo durante la ricreazione ci incontriamo sul pianerottolo per fare merenda insieme. Sara, dopo la nostra chiacchierata di ieri, è passata dal veterinario vicino alla scuola: per fortuna se n'era appena andato l'assistente dei lavaggi, cosí lei comincia domani pomeriggio. Siamo cosí contente per lei. Sara è una dura, determinata. Sembra apparentemente la piú introversa ma nei momenti difficili è quella che sa valutare meglio le situazioni e capire la cosa piú giusta da fare. Purtroppo non si piace, anche se è molto carina; magra, occhi verdi e capelli lunghi neri. Pensa sempre di non riuscire nelle cose, e considera gli altri migliori di lei. Sul fronte ragazzi poi è difficilissima; quel tipo non le piace perché ascolta certa musica, quell'altro perché porta i pantaloni a vita troppo bassa, quell'altro ancora perché ha un'aria snob; abbiamo perso le speranze di trovarle un ragazzo. Ogni volta che le diciamo di cambiare, altrimenti rimarrà da sola, ci risponde che a lei basta Teo, il suo gattone nero!!!

Stiamo contando i giorni che mancano alla festa di Filippo, appena due. Io e Marta siamo chiuse da un paio d'ore in camera mia, per decidere il vestito. Quanto mi piacciono questi momenti; aprire l'armadio e tirare fuori tutti i vestiti inventando strani abbinamenti. Guardo la mia immagine nello specchio e sogno a occhi aperti di fare il mio ingresso alla festa con aria sicura e spavalda; passare tra la gente sentendo lo sguardo di tutti i ragazzi su di me; sorridere soddisfatta e vedere Alessandro girarsi e rimanere abbagliato dal mio fascino irresistibile. Nel sogno, continuo a fare un po' la vamp, lo ignoro, mi muovo tra gli altri, scherzo e rido con qualcuno, poi prendo un bicchiere che mi viene offerto da un tipo mai visto per scoprire che Ale mi segue, manda via gli altri, fa il geloso e mi sussurra all'orecchio che sono la ragazza piú bella che abbia mai visto. Mi stringe anche un fianco lasciato scoperto dalla maglietta troppo corta. E io sorrido, maliziosa.

«Cosa pensi di questa camicia?» chiedo tornando giú dalla nuvoletta.

«No, non mi piace, meglio una canotta, anzi due insieme, tipo quella rosa e quella blu.» Giusto, come ho fatto a non pensarci prima?

«Con una bella cintura?»

«Meglio senza.»

«E gli orecchini... i cerchi?»

«Belli questi, dove li hai presi?»

«L'estate scorsa all'isola d'Elba; li ho anche rossi.»

«Blu e bianchi però sono piú adatti.» Mentre parla Marta si sta provando una gonna nera cortissima.

«Se vuoi quelli rossi te li presto; cosa ti metti?»

«Assolutamente la gonna e sopra pensavo questa maglietta, che te ne pare?»

«È proprio carina, ma sotto devi mettere una canotta, è troppo trasparente.»

«Mi sa che hai ragione. Tacchi alti?»

«Oddio, non so se me la sento, forse è troppo.»

«Mi sa... anche perché se poi balliamo rischiamo di cadere.»

«Viva le nostre mitiche sneakers.»

«Però i pushup sí.»

«Me li stavo dimenticando, corro a prenderli.»

Ci guardiamo allo specchio... avrò veramente il coraggio di uscire cosí? I jeans di Marta mi stanno perfetti, forse sono un po' corti, però mi rendono piú slanciata. Sembro un'altra; possibile che un vestito può farti apparire tanto diversa? Guardo Marta; con la cosa piú insignificante addosso sembra fantastica; sorridiamo soddisfatte. Adesso manca solo il trucco. Mezz'ora dopo chiamiamo Sara; è stravolta, Giò si rifiuta di mettere la gonna, cosí decidiamo di andare a darle una mano.

Ci viene ad aprire la mamma. «Ragazze, per fortuna che siete arrivate, mia figlia sta dando di matto.»

«Non si preoccupi, adesso ci pensiamo noi» e ci infiliamo nella stanza di Giò. Appena dentro rimaniamo sconvolte dalla scena, non pensavamo che la situazione fosse cosí tragica. Il letto è stracolmo di vestiti, le ante dell'armadio e i cassetti sono aperti e tutte le scarpe sparpagliate sul pavimento. Sara è seduta a terra con le spalle al letto e le orecchie tappate mentre Giò cammina avanti e indietro con le lacrime agli occhi mentre urla: «Non ci vengo alla festa, non voglio essere lo zimbello di tutti; guarda che sedere, non mi entra niente; è inutile, sono una cicciona, andate senza di me!» Sempre tragica, si vede che le piacciono i film strappalacrime. Io e Marta ci guardiamo, e mentre vado in cucina a prendere qualcosa da mangiare e bere, Marta mette un CD degli Zero Assoluto e ci sediamo tutte sul suo lettone pieno di vestiti. Alla fine, dopo lunghe trattative, la convinciamo a indossare una gonna lunga fino alle caviglie e una maglietta allacciata al collo che le mette in risalto le forme. Sembra un'altra, sta proprio bene. Lei prova ancora a fare qualche resistenza dicendo che potrebbe inciampare nella gonna, per via della sua goffaggine; noi l'abbracciamo prendendola un po' in giro, e dopo qualche minuto si è convinta! Obiettivo raggiunto.

Sono in camera mia a fare i compiti quando entra mia mamma. Si siede sul pavimento e mi racconta di aver incontrato la mamma di Marta insieme a Marco. È rimasta colpita da quanto è diventato un bel ragazzo. Possibile che per i genitori sono tutti bei ragazzi? Anche se devo ammettere che in questo caso non ha torto. Sono rimaste d'accordo che una di queste sera facciamo una cena tutti insieme, magari a casa nostra, perché no? Anche se i genitori di Marta per i miei gusti sono un po' troppo seri. Le racconto dei preparativi della festa, di quanto è stato faticoso convincere Giò a togliersi i jeans. Mentre parliamo, sento riaffiorare un pensiero che mi tormenta ormai da giorni: ma i miei si amano davvero? Dopo la storia di Giò è come se mi sentissi piú insicura; ho notato che li guardo con circospezione, faccio caso a come si parlano, a come si rivolgono l'uno all'altra. Ho bisogno di sapere, di sentirmi tranquillizzata.

L'altro giorno per esempio li ho sentiti discutere in bagno, ho cercato di capire di cosa parlavano, ma non ci sono riuscita; alla fine mia madre è uscita sbattendo la porta del bagno; forse sono questi i primi sintomi?

Senza preavviso le chiedo: «Ma tu lo ami, papà?»

Lei rimane un po' interdetta, mi guarda negli occhi ma non risponde.

Oddio, allora sta per succedere anche a me; mi sto per sentire male, penso agitandomi sulla sedia. Non dovevo chiederglielo, perché non sono rimasta zitta?

Lei sorride. «Perché me lo chiedi, è una domanda strana, fatta da te. Hai notato qualche cosa di strano in noi, di diverso?» La sento che è guardinga; non mi vuole ferire, lo sapevo, lo sapevo!

Si alza e si siede vicino a me.

«Non mi hai risposto» le dico senza riuscire a guardarla in faccia.

In un soffio mi sussurra: «Da morire.»

La guardo: ha gli occhi chiusi. «Lo amo talmente tanto che a volte penso, preoccupata, che forse dovrei amarlo un po' di meno.» Sospira ancora.

«Che vuoi dire?» le chiedo, a questo punto piú rilassata ma curiosa.

«A volte, quando esce la sera da solo, oppure mi saluta al telefono dandomi appuntamento a piú tardi, ho una frazione di secondo in cui il mio cervello si annebbia completamente e pensa, e se non torna a casa? Se adesso squilla il telefono e mi dicono che è successo qualcosa? In quei momenti il tempo si ferma, è come se la mia sicurezza venisse meno; ma per fortuna dura poco, poi lascio andare quei pensieri negativi e ritorna a essere tutto come prima.»

La guardo spaventata, lei capisce e mi abbraccia «Tranquilla, è normale, non c'è niente di strano, nella vita possono succedere talmente tanti imprevisti, bisogna saperci convivere. Immaginati di amare follemente qualcuno, non avresti paura che qualcosa potrebbe allontanarlo da te? Come un'altra ragazza, oppure un trasloco in un'altra città? Fa parte degli imprevisti della vita.» Non ci ho mai pensato, forse perché non sono mai stata con nessuno?

Rimaniamo ancora un po' in silenzio; adesso mi sento molto meglio, certo devo ancora sapere cosa ne pensa mio padre, ma una parte di me si è rilassata; sono proprio una paranoica, penso ridacchiando tra me. Mi alzo per cambiare il CD e mamma inaspettatamente mi domanda se le faccio provare l'orecchino che ho sul naso, vuole vedere come le sta. Toccandolo mi accorgo di avere solo quello vero, l'altro mi deve essere caduto. Mi irrigidisco, cavolo, ma uno non può mai rilassarsi? Come le è venuto in mente? Vado alla ricerca degli altri, dovrei averli da qualche parte. Diavolo, ma dove li ho messi? Provo a distrarla, le racconto della lezione di italiano di questa mattina. Lei per un po' si dimentica. Non li trovo, dove li ho messi? Possibile che quando cerchi una cosa non la trovi mai? Forse nello zaino, niente; mi cominciano a sudare le mani.

«Che ti succede?» mi chiede perplessa.

Provo debolmente a dire che se li stacco troppe volte poi non si riattaccano piú, ma non mi crede, forse sta cominciano a capire qualcosa. Oddio, si sta alzando e mi viene vicino. Fuggo in preda al panico e mi chiudo in bagno. Lei ormai ha mangiato la foglia, mi viene dietro determinata. Non so cosa fare, sta per venirmi una crisi isterica. E ora cosa le dico? Rimango in silenzio, mi appoggio alla porta e lentamente scivolo a terra. Possibile che non mi viene in mente niente per giustificarmi? Qualcosa di catastrofico, tipo mi hanno obbligato con la forza, voleva essere uno scherzo, a scuola la prof di anatomia ha voluto fare un esperimento e io sono stata scelta come cavia... ma che dico? Sto vaneggiando. Prendo il cell.

«Marta, sono io, Vale.»

«Perché bisbigli, dove sei?»

«Non ti puoi immaginare, una situazione drammatica, non posso urlare.»

«Cosa ti è successo?»

«Sono chiusa in bagno, i miei hanno capito che mi sono fatta il buco al naso veramente, aiutami, se non mi viene in mente velocemente qualche idea sono persa.» Intanto è arrivato anche mio padre, incuriosito dai rumori. Toc toc... «Vale, apri subito questa porta, fai la persona adulta, esci e parliamone» sta dicendo.

«Ormai non hai scelta, diglielo!» mi risponde Marta.

«Bell'aiuto mi stai dando» e chiudo la conversazione. Decido di parlare, ancora chiusa in bagno e ammetto di aver sbagliato e dico loro la verità. Silenzio. Li chiamo... nessuna risposta. Insisto, senza successo. Appoggio l'orecchio alla porta, ma niente, nessun rumore. Preoccupata, mi giustifico ancora, dico di aver mentito solo perché pensavo la prendessero male, ma continuano a non rispondere. Non capisco, mi aspettavo delle urla, forse sono andati a letto; magari non hanno sentito quello che ho detto. Aspetto ancora un po', ma niente, silenzio. Lentamente apro la porta e mi affaccio timidamente, ma è tutto buio. Guardo a destra e a sinistra, vuoto, sembrano svaniti. Faccio un respiro di sollievo, sono salva; forse sono andati via prima che ammettessi tutto. Mi rilasso e in punta di piedi vado verso la mia camera, facendo attenzione a non svegliarli, ma arrivata davanti alla mia camera trovo un foglietto attaccato alla porta.

> Cara Valentina,
> non ci sono parole per quello che hai fatto. Siamo molto delusi; avresti dovuto chiederci il permesso prima di prendere una decisione simile. Ma la cosa peggiore è che hai mentito, ti sei presa gioco di noi inventandoti tutta

quella messa in scena, tradendo cosí la nostra fiducia. Per punizione non uscirai fino alla prossima settimana, senza eccezioni.

Mamma e papà

Noooooo, ma sabato c'è la festa di Filippo. E ora come faccio?

«Ma dài Vale, devi parlarci, non puoi non venire alla festa» mi sta dicendo Marta a scuola il giorno dopo.

«Lascia perdere, sono furiosi, non mi parlano neppure.»

«Be', dobbiamo trovare una soluzione.»

«Impossibile!»

Non ho chiuso occhio tutta la notte, è stato un inferno. Sono avvilita, ho deluso i miei e questo fatto mi pesa terribilmente, anche perché devo ammettere che loro sono sempre stati molto comprensivi e aperti. Non so cosa mi ha preso; a volte si fanno delle cose d'istinto, senza pensarci troppo.

«Baratta con qualche altra cosa.»

«Ma con cosa?»

«Non so, cucina tutta la settimana.»

«Ma se a malapena so fare la pasta al sugo.»

Passo tutto il pomeriggio a pensare a una soluzione alternativa. Non mi viene in mente niente. Decido di parlarci in ogni caso, non sopporto quest'aria tesa e silenziosa. Arrivo a casa, entro in cucina, appoggio lo zaino a terra e mi siedo; c'è solo mia madre che sta cucinando. La saluto e lei mugugna qualcosa.

«Hai deciso di non parlarmi piú?» le chiedo.

«Finché sono arrabbiata, sí!»

«Scusami, mamma, mi dispiace, ho sbagliato.»

«Lo so.»

«Non volevo, l'ho fatto senza cattiveria, mi devi credere.»

«Mi ha ferito profondamente la mancanza di un vero motivo per mentire, non siamo genitori che non ti permettono di fare niente.»

«Sí, lo so, ma non l'ho fatto apposta, lí per lí mi è sembrata la cosa piú facile, avevo paura che me lo avreste impedito.»

«Appunto, hai deciso da sola e non sei grande abbastanza per farlo.»

Continua dicendo che non è tanto il piercing in quanto tale, è il gesto che c'è dietro, oggi questo e domani qualcosa di piú importante. Non sono ancora in grado di capire da sola la cosa piú giusta da fare. Rimango a guardarmi i piedi mentre parla, poi mi alzo e le butto le braccia al collo.

«Hai ragione, scusami, ti voglio bene.» Mi emoziono e sento salirmi le lacrime. Lei mi stringe e io mi lascio cullare tra le sue braccia; mi ricorda quando ero piccola che per addormentarmi si metteva vicino al mio letto, mi abbracciava e raccontava storie fantastiche, che inventava ogni volta. Ho ancora viva la sensazione di protezione che mi trasmetteva. Ma perché bisogna crescere? A malincuore mi sciolgo dall'abbraccio e l'aiuto ad apparecchiare.

«Senti, a proposito della punizione...»

«Mmmh...»

«Devo proprio rispettarla?»

«Certo, te la sei meritata tutta.» Ma sento dal tono di voce che non è piú cosí arrabbiata. Vedo uno spiraglio.

«Non puoi fare almeno un'eccezione per la festa di Filippo?»

«Non te lo meriti.» La voce sempre meno dura.

«Dài, ti prego, rimango in punizione anche due settimane, ma alla festa mandami... ti prego.» Insisto. Forse posso farcela.

Rimane in silenzio. «Solo perché sono buona, va bene,

puoi andare alla festa, ma in cambio pulisci casa per le prossime due settimane.»

«Sííí!!!» Urlo alzando le braccia; poi la ringrazio con un bacio e corro in camera a chiamare Marta. So che mi pentirò della scelta, ma sono troppo contenta per pensarci ora.

La nostra prima festa

Non stiamo nella pelle. Siamo pronte per il nostro primo grande evento mondano, anche Sara con pantaloni e top neri, forse un po' monocromatica, ma non importa, lei è contenta cosí.

Mio padre vuole assolutamente accompagnarci in questo locale a Testaccio; vuole essere sicuro del posto e dare un'occhiata agli altri invitati.

Dopo un'estenuante discussione arriviamo a un accordo, ci lascerà un isolato prima, al semaforo, e noi proseguiremo da sole a piedi. Pensa che vergogna arrivare in macchina con papà e magari farsi accompagnare anche dentro. Tanto lo conosco, passerà ugualmente davanti al locale per controllare, ma in quel caso noi saremo già dentro, almeno spero!

Dopo averlo salutato, ci incamminiamo, io e Marta davanti, Sara e Giò indietro. Passiamo davanti a un bar dove sono seduti tre ragazzi grandi, avranno vent'anni, e al nostro passaggio si girano e cominciano a fischiare e commentare: «Guarda che gambe, e non solo... Ehi, ragazze, dove state andando cosí in fretta? Perché non vi sedete un momento, possiamo offrivi qualcosa?» Io e Marta ridiamo un po' imbarazzate. Ho il cuore in gola «Non vi mangiamo mica» aggiungono i tipi mentre giriamo in fretta l'angolo e aspettiamo le altre due che sembrano non essersi accorte di niente.

«Non ci credo, quei ragazzi lí al bar? Non sembravano i tipi.»

«Forse non dovevo mettere questi jeans, che vergogna, avrei voluto scomparire, hai visto come mi guardavano? Mi è venuta la pelle d'oca, andiamocene subito» rispondo ancora agitata. In effetti, i jeans corti che mi ha regalato Marta mi fanno un sedere da paura!

Finalmente troviamo il locale.

«Ciao, Davide» dicono insieme Sara e Giò al fratello di Filippo.

«Ragazze, siete uno schianto. Sole?» chiede lui.

«No, con Vale e Marta, le conosci?» risponde Giò.

«Certo, tu devi essere la sorella di Marco, giusto? Devo dire a tuo fratello di non tenere nascosta una bellezza cosí!» Marta sorride divertita. Prima di entrare, Davide ci consegna dei cartoncini timbrati che servono per le consumazioni. Poi ci chiede la mano, sorridendo, vuole farci un piccolo timbro. Serve per permetterci di uscire e rientrare senza problemi. Il marchietto sembra una piccola coccinella rossa, molto carina. Marta chiede di averla su una spalla, come un tatuaggio vero e si abbassa la spallina. Vedo la mano di Davide tremare leggermente... poi saliamo le scale ed entriamo. Il locale è grande, c'è una parte al chiuso dove si balla, con alcuni divanetti su un lato, e di fronte una fantastica terrazza con un bancone tondo, al centro, per le consumazioni. Da una scala esterna puoi arrivare a un'altra terrazza. Affacciandoti da lí si vede tutto Testaccio. Che posto fico, è proprio un locale serio, sorrido soddisfatta. Ci guardiamo intorno e vediamo Filippo e Matteo appoggiati a un muretto che si guardano intorno.

«Ciao» diciamo avvicinandoci.

«Ciao, quando siete arrivate?»

«Proprio ora, gli altri?» chiede Sara.

«Ale e Luca stanno arrivando» risponde Matteo.

«Vado a prendere da bere, volete qualcosa?» chiedo.

«No, grazie, già fatto» e alzano ognuno una Bull.

«Aspetta, Vale, vengo con te» dice Giò.

«Mi vergogno da morire vestita cosí» continua dopo un secondo.

«Hai visto come mi ha guardato Filippo? Avrà pensato, ecco una balena che cammina.»

«Smettila, non è vero, ti ha guardato in quel modo perché non ti ha mai visto tanto carina, sei proprio bella!»

«Tu dici?»

«Assolutamente,» le sorrido «rilassati e goditi la serata.»

Giò prende una Coca e io un cocktail alla pesca.

Mentre aspettiamo la consumazione, mi giro e mi guardo intorno e vedo Ale che viene verso di me... è bellissimo! Porta dei jeans e una maglietta che fa intravedere i muscoli; i capelli sono ancora un po' bagnati, forse a causa della doccia. «Ciao, cosa state prendendo?» chiede. È terribilmente sexy...

«Ma niente, un cocktail di frutta e una Coca. Vuoi qualcosa?» riesco a dire.

«Una Bull, grazie.»

Inspiro il suo odore di fresco e mi si chiude lo stomaco; non mi esce una parola. Oddio, devo dire qualcosa, qualsiasi cosa, ma sono troppo presa dal divorarlo con gli occhi. Lui sorride ricambiando il mio sguardo.

«Vale, vado a cercare Sara» e non faccio in tempo a rispondere che Giò afferra il suo bicchiere e sparisce.

Traditrice! E ora che siamo soli?

«Carino il posto, non trovi?» provo timidamente a dire.

«Sí, non male, sono contento che tu sia venuta.»

«Grazie.» Sono proprio un disastro, ma non potevo dire qualcosa di piú entusiasmante? Tipo, 'anch'io sono molto contenta, sei molto carino...' Adesso starà pensando a come scaricarmi!

«So che siete andate al cinema con Luca e gli altri sabato scorso.»

«Sí, ci siamo incontrati a piazza Fiume, per caso.» Dio, che pena!

«Allora mi sono perso un'occasione d'oro» ridacchia.

«Che occasione?»

«Poter stare tutto quel tempo vicino a te.»

Sento il sangue salire alle orecchie in un attimo.

«Quanto sei stupido» riesco a malapena a dire, stentando a credere alle sue parole.

«Dài, Vale, è inutile far finta di niente, è da un po' che faccio in modo di farmi notare da te.» Mi sta prendendo in giro. Lui farsi notare da me? Non ci posso credere, questo è proprio divertente, devo dirlo a Marta.

«Ma tu fuggi sempre appena mi vedi.»

Sapessi perché! «Ma no, non è vero.»

«Allora ho qualche possibilità» dice, avvicinandosi pericolosamente. Ma il suo odore mi avvolge, ogni cosa svanisce in un attimo e mi sento sciogliere come neve al sole.

La mia fantasia comincia a galoppare; mi immagino di essere in un film, alla famosa scena cruciale del bacio visto al rallentatore, sento anche la musica in sottofondo: lui si avvicina, mi dice una cosa carina all'orecchio, io sorrido e mi giro verso di lui. Le mie labbra si schiudono lentamente e...

«Ecco dove siete, vi ho trovati.» È Marta.

Sembra non accorgersi di niente, meglio, vuol dire che non ho la faccia da pesce lesso. Vuole andare a ballare, e vorrei risponderle che sto già ballando; la stanza mi gira tutta intorno. Ma non ha capito che finalmente stavamo lí lí... Sospiro rassegnata. Ale vorrebbe incenerirla e si allontana in cerca degli amici.

«Ma che ti stava dicendo? Avevi una faccia quando sono arrivata...» Allora sembravo un pesce!

«Marta, non ci crederai, mi ha detto che gli piaccio.»

«Davvero? È grandioso! Sono contenta, ce l'hai fatta, ce l'hai fatta» dice euforica. La guardo meglio, sembra strana oggi, un po' troppo su di giri.

«Parla piano, si sono girati tutti, mi ha detto che da tempo prova a farsi notare da me, senza successo. Ti rendi conto che cosa incredibile?»

«Veramente, e ora cosa pensi di fare?»

«Non ne ho la piú pallida idea.»

«Fatti dare il suo cell.»

«E poi?»

«E poi gli mandi un sms dicendogli che ti ha fatto piacere parlare con lui.»

Intanto ci avviciniamo alla pista da ballo.

«Ciao!»

Ci giriamo tutte e due.

«Marco, che ci fai qui?» chiedo sorpresa.

«Sono un amico di Davide, giochiamo insieme a pallanuoto.» Dietro di lui intravedo Fede; no, anche lei alla festa, speriamo che lasci in pace Ale. Porta una gonna e un top microscopici, direi quasi inesistenti. Si muove con aria sicura, seguita dall'inseparabile Claudia. Ci vede e si dirige con passo felino verso di noi. E adesso che vuole?

«Ecco dove eri finito» dice con aria accattivante mentre si stringe a Marco. Mi si gela il sangue. Si conoscono? E che centra lui con lei? Non capisco, mi giro verso Marta con aria interrogativa, ma è sparita; non mi esce piú una parola. Vedo lui stringerle la mano, non mi dire che... e invece sí! Non capisco perché, ma la scoperta mi manda in bestia.

«Vale, finalmente ti sei messa qualcosa di decente addosso» dice guardandomi dall'alto in basso. Rimango a bocca aperta, ma come si permette! Vorrei prenderla a schiaffi e strapparle quei ridicoli vestiti, ma chi si crede di essere? E lui non dice niente... anche lui come gli altri, che delusione. I maschi sono proprio scontati, appena vedono una ragazza carina che fa due moine non capiscono piú niente. Non me lo sarei mai aspettato da Marco. Me ne vado senza dire una parola, in cerca degli altri. Nel frattempo la festa si è popolata e c'è una marea di gente, dentro e fuori; molti non li conosco, intravedo Marta parlare con delle compagne di classe di Sara. Chissà perché abbiamo fatto piú amicizie in classe loro che nella nostra?

«Dov'è Giò?» chiedo.

«Non lo so, oggi non la reggo, è piú pesante del solito. Da quando siamo arrivate mi ha tormentato parlando del padre, dei problemi a casa, è veramente noiosa.»

«Come puoi dire una cosa del genere?» Sono dispiaciuta di sentirla parlare cosí.

«Okay, okay, non ne parliamo piú, oggi voglio solo divertirmi.»

Beep beep. «Messaggio» dico io. «Chi è, il tuo nuovo amore?»

«Sí, dice se lo raggiungo dall'altro lato della terrazza... gli manco!»

«State già insieme?» scherzo.

«Tra poco. Ho deciso che oggi lo bacio.»

«Marta, come sei poco romantica.»

«Stupida, sto scherzando..»

«Non credo proprio.»

«E se anche fosse, che problema ci sarebbe?»

«Ma no, figurati, l'importante è che ti piaccia veramente.»

«Non è brutto.»

«E tu baci uno perché non è brutto?»

«Perché, tu cosa provi per Ale?»

«Mi sciolgo appena mi guarda, il cuore batte all'impazzata, non riesco a far uscire una parola e le mie mani sudano.»

«Esagerata! Tutte queste cose insieme. Stai attenta, lui potrebbe approfittarne.»

«Che ci posso fare se non sono come te, io sono una romantica.» Eh sí, in questo siamo proprio diverse; lei è una che non si fa coinvolgere troppo dalle situazioni. Non è superficiale, ma affronta la vita in modo piú leggero. Lei ha messo gli occhi su Luca e vuole mettersi con lui, perché è carino e forse anche perché è una sfida, un gioco; mentre per me Ale è una cosa seria, io sono veramente innamorata di lui, mi emoziono anche solo a nominarlo, non potrei mai mettermi con un ragazzo se non provassi qualcosa di forte. Mi guardo intorno, si è fatto buio e l'aria comincia a pizzicare leggermente. Siamo ancora sedute sulla terrazza quando si avvicinano Ale e Luca.

«Ma che fanno due belle ragazze come voi tutte sole solette?»

«Vi stavamo aspettando» risponde Marta sfacciatamente.

Marta si alza, avvicinandosi a Luca. Ale si siede al suo posto.

«Andiamo a ballare?» provo a dire alzandomi. Mi sento sui carboni ardenti. Lui mi trattiene, prendendomi la mano. Mi rimetto giú. Non sono a mio agio, vorrei fuggire ma nello stesso tempo rimanere. Vorrei avere il sangue freddo di Marta, e invece il cuore sta andando al galoppo, me lo sento in gola.

«Raccontami qualcosa di te. Dove abiti?»

«Vicino a piazza Cavour, dal lato di lungotevere»

provo a dire, ma non riesco a concentrarmi, lui sta giocando con i miei capelli all'altezza dell'orecchio. Rimango immobile, non oso muovere un dito. Non ce la faccio, sí, ce la faccio. Spero che mi baci, anzi no. È vicinissimo a me, sento la gamba che mi sfiora, mi sposto leggermente. E se mi bacia veramente, che faccio? Oddio, ha la mano sul collo, si sta avvicinando... sento il suo profumo di pulito. Ale, Ale, ma cosa aspetti a baciarmi? E se non gli piace come bacio? Lui ha avuto tante ragazze, io invece... Ho letto tante cose sul bacio, in teoria sono preparatissima, ma in pratica penso sia un'altra cosa, e se poi non so baciare? Se dovessi fare una figuraccia? Lo saprebbero tutti. Mi hanno detto che è una cosa naturale, come mangiare un gelato, pare facile! Non ci devo pensare. Sta dicendo qualcosa, ma io non capisco neanche una parola, ho messo il pilota automatico, rispondo, ma che gli sto dicendo? Sento la mia bocca sorridere; lui sta ridendo. Ho detto qualcosa di divertente? Eccolo, si avvicina, lo sento, è il momento finalmente, appoggia le sue labbra sulle mie...

«Vale, Vale.»

Chi è? Sto sognando? È lui che mi chiama?

«Vale, dove diavolo sei?» Cavolo, ma questa è Sara, no, adesso no, vai via, ti prego, stavo per rubargli finalmente un bacio. Il mio primo bacio, insomma!

«Vale, scusami, è successa una cosa terribile» continua agitata.

«Che c'è?» Sto cercando di smettere di sognare. Tra un secondo mi arrabbio.

Mi spiega che Giò e Marta hanno litigato.

Come hanno litigato? Cos'è successo? Adesso sono completamente sveglia, che il resto vada al diavolo. Mi alzo seguita da Ale.

«Marta ha detto a Giò di lasciarla in pace, non ne poteva piú delle sue lagne» racconta Sara.

Non ci posso credere, Marta deve essere impazzita. Guardo Ale. «Devo andare... mi dispiace» dico timidamente e lui sembra un po' deluso. Insieme a Sara mi metto alla ricerca di Giò, ma niente, non riusciamo a trovarla, in compenso vedo Marta imbronciata seduta su un divanetto.

«Marta, ti ha dato di volta il cervello? Cosa hai combinato?»

«Senti, ho provato a spiegartelo anche prima. Non so cosa sia preso oggi a Giò, non mi ha lasciato in pace un attimo. Quando ormai pensavo che avesse capito, è riapparsa di nuovo. Non ti rendi conto, se lei non arrivava Luca mi avrebbe baciato, capisci? Cosí le ho detto che doveva lasciarmi in pace e smettere di angosciare tutti con i suoi problemi. Non mi guardare in quel modo, ho solo detto quello che pensiamo tutte, sono stata solo un po' brutale.» Sono sbalordita, non so cosa dire, non sembra la Marta che conosco. Come ha potuto essere cosí insensibile con Giò, in un momento tanto delicato? E tutto questo per un bacio? Le dico di venire a scusarsi con lei.

«Vale, smettila di dirmi cosa devo o non devo fare, ho già i miei che rompono» e si allontana. Raggiungo Sara e passiamo i successivi dieci minuti a cercare Giò, aiutati anche da Filippo e Matteo. Sembra sparita; immaginiamo di dover chiamare la madre e doverle raccontare che la figlia è sparita. Dopo mezz'ora finalmente la troviamo chiusa in bagno, non ce n'eravamo accorte perché era rannicchiata sul water; che paura ci siamo prese. A quel punto chi aveva piú voglia di rimanere alla festa? Ho chiamato mio padre che ci è venuto a prendere e poi, in silenzio, tutte a casa e di corsa a letto. Che serata, ragazzi!

Domenica pomeriggio

Squilla il telefono e sento mio padre rispondere.

«Valentina, è per te.»

«Pronto?»

«Ciao, sono Alessandro, ti disturbo?»

Balbetto qualcosa di incoerente. Ma come avrà avuto il mio numero?

«Ciao, no, figurati, stavo leggendo.»

«Ti va se passo a prenderti e andiamo a fare un giro?»

Ma cos'è, un sogno?

Rispondo timidamente di sí. Gli do l'indirizzo, lo saluto e corro in camera a cambiarmi. Mio padre si affaccia con aria divertita e mi chiede chi fosse al telefono. Farfuglio qualcosa e gli dico che ho da fare e devo uscire. Mentre mi sto vestendo appare mia madre.

«Vale, ti vorrei ricordare il nostro accordo, devi pulire e mettere in ordine la tua camera se vuoi uscire.»

«Mamma...»

«Gli impegni si mantengono» ed esce senza lasciarmi possibilità di replica. Come un razzo prendo tutti i vestiti appoggiati sulla sedia e per terra e li butto nell'armadio.

«Mettere in ordine, non nascondere» dice mia madre dal corridoio; ma come ha fatto a vedermi? Faccio piú veloce della luce, metto le scarpe sotto l'armadio, salgo sulla scala e rifaccio velocemente il letto, guardo il cell, mancano dieci minuti, non ce la faccio, devo ancora finire di truccarmi. Prendo i libri di scuola e li ordino sulla scrivania, mentre con l'altra mano afferro le riviste per terra e le lancio nel cesto vicino alla porta. Mi giro per vedere se è tutto in ordine e vedo due calzini spuntare da sotto il tappeto. Forse ci riesco, magari lo faccio aspettare un po'. Corro in bagno; mi spazzolo i capelli, cosa mi metto, il lucidalabbra? Ma se poi mi bacia... forse è meglio senza. Un velo di ombretto sugli occhi e la matita nera, giusto un po'. Afferro i soliti miei cinque o sei braccialetti, da cui non mi separo mai, ed esco. Jeans e maglietta e sono perfetta! Saluto in fretta i miei e mi precipito prendendo una felpa e un piumino senza maniche. Amore, aspettami, arrivooo!

Decidiamo di andare al Gianicolo. Mi metto il casco che mi offre e salgo sul motorino.

Facciamo tutto il lungotevere, arriviamo fino a San Pietro e poi saliamo su. Parcheggiamo e ci affacciamo dal muretto ad ammirare Roma dall'alto, ma nessuno dei due ha voglia di guardare il paesaggio. Lui mi abbraccia quasi subito e io sento dei piccoli brividi salire lungo la schiena. Mi sussurra che non ha chiuso occhio tutta la notte pensando a me. A chi lo dici, penso languida. Aveva paura che oggi avrei dimenticato tutto... perché, è successo qualcosa e non lo ricordo!? Trattengo il respiro.

Vuole continuare il discorso che abbiamo interrotto alla festa. Respiro, allora non è successo niente. Ma mi rilasso per poco, lui comincia a baciarmi la spalla; rimango immobile per paura di rovinare tutto. Le sue labbra sul collo mi fanno venire i brividi; devo darmi un contegno, non posso cedere subito... ma non riesco, mi piacciono i suoi baci, il contatto delle sue mani sulla pelle. Continuo a tenere gli occhi bassi per l'imbarazzo; mi sento accaldata come se avessi fatto una lunga corsa, ma lui sembra non accorgersene. Continua a riempirmi di baci sulla fronte, sull'orecchio, sulle guance e io mi lascio accarezzare da quella bocca che ho desiderato da una vita; poi mi bacia sulle labbra e io rimango immobile per assaporare meglio questo momento. Sento una scossa elettrica, faccio per allontanarmi ma lui mi stringe ancora piú forte e finalmente, finalmente... mi bacia veramente, come in un film. Mi sento trascinare dalle onde, sento il suo sapore mescolato al mio... mi piace il suo contatto, le sua labbra, che strana sensazione la sua lingua, non pensavo fosse cosí; fa anche un po' senso, dunque è questo il famoso primo bacio? Quello che non si scorda mai? Dopo un po' mi rilasso e comincio a essere piú audace, forse devo fare pratica, come le scarpe con i tacchi, penso ridendo tra me e me. Rimaniamo tutto il pomeriggio cosí, tra baci e abbracci. Che pacchia!

Torno a casa completamente frastornata. Mia madre si affaccia dalla cucina e mi chiede com'è andata; rispondo distrattamente, sento ancora le sue labbra sulle mie, il suo profumo, le sue carezze. Sono pazza di lui! Non posso credere che sia veramente successo a me.

«Vale, tutto a posto, devo sapere qualcosa?» insiste.

«No, tutto a posto.» Anzi, alla grande, vorrei urlare!

Ma la mia faccia deve essere un libro aperto, la vedo sorridere. Mi butto sul lettone, lei mi segue e si siede vicino. Non resisto, devo dirlo a qualcuno, sono troppo contenta, lo si legge nella mia espressione. Dopo un attimo di incertezza le racconto tutto, be', non proprio tutto, quasi. Lei ride divertita; mi chiede curiosa lui che tipo è, e io parto in una descrizione dettagliata, con la faccia sognante. Ridiamo divertite quando le descrivo l'imbarazzo del primo bacio. Mi racconta che anche per lei il primo bacio fu una mezza delusione, non mi devo preoccupare. Ma tutti dicono che è una figata!

Mi fa strano parlare di queste cose con mia madre, ma oggi proprio non me la sento di chiamare Marta, sono ancora offesa per l'infelice scenata fatta a Giò; peccato, vorrei tornasse tutto come prima, penso mentre chiudo gli occhi e assaporo tutte queste nuove emozioni.

Per come mi sento, potrei fare le pulizie di casa per tre settimane di fila. Ma scaccio quel pensiero. Meglio non dirlo a mamma: ne approfitterebbe subito!

Sono con Giò a prendere un gelato; da quando c'è stata la lite, mi sento in dovere di rassicurarla. Lei invece pensa di essere diventata una lagna e che alla fine abbia ragione Marta: tutta colpa dei suoi genitori.

Il padre le ha spiegato che le situazioni spesso vanno diversamente dalla nostra volontà; che l'amore tra due persone può non essere eterno e bisogna avere il coraggio di accettare i cambiamenti, anche se questo ci fa soffrire. È rimasto molto dispiaciuto della lite con Marta, ma pensa sia ingiusto incolpare lui e sua madre, e io sono d'accordo; mi dispiace ammetterlo, è solo colpa di Marta, ha agito come una ragazza viziata; eppure ha un cuore grande, ma a volte si comporta come se non l'avesse. Camminiamo in silenzio, mangiando il gelato arriviamo a piazza Risorgimento. È piena di gente, sembra una giornata di festa. Mentre passiamo, alcuni ragazzi fanno qualche commento e noi ridiamo. «Il tuo nuovo abbigliamento fa strage di cuori» scherzo. «Dove tenevi nascoste tutte queste cose cosí carine?»

«Dopo quella terribile serata, ho deciso che era arrivato il momento di cambiare, cosí sono andata a prendere qualcosa nell'armadio di mia madre, abbiamo la stessa taglia.»

«Che fortuna, io mia madre l'ho superata da un pezzo, e poi non mi piacciono i suoi gusti.»

«Come va con Ale?» mi chiede dopo un po'.

«Giò, lo amo alla follia, non faccio altro che pensare a lui ogni momento, giorno e notte.»

È vero, e stiamo insieme solo da cinque giorni. Lui è cosí carino, affettuoso, ogni giorno mi accompagna a casa, dopo scuola; mi lascia in piazza Cavour, perché papà non vuole che vada in motorino, Roma è troppo pericolosa, sostiene, non si fida. Ma come posso rinunciare all'unica occasione di stare seduta dietro di lui, potendolo stringere quanto voglio, senza sembrare appiccicosa? Spesso, prima di tornare a casa, arriviamo a piedi fino a lungotevere, vicino casa, e ci affacciamo a guardare il Tevere che scorre. È il momento che amo di piú; mi abbraccia da dietro, appoggia la testa sulla mia spalla, tra i capelli, e io mi lascio avvolgere completamente da lui. Le sue dita scorrono su e giú sulla schiena, poi si fermano vicino alla spallina del reggiseno. Il mio respiro accelera e sento il mio corpo reagire. Ho brividi ovunque. Lui se ne accorge e mi sorride. Mi stringe ancora di piú e comincia a mordermi l'orecchio, sussurrandomi parole d'amore. In quei momenti mi sento in paradiso.

«Vacci piano, è un tipo che si stanca facilmente» dice Giò.

«Ma no, figurati, mi ama, me l'ha detto lui, non può stare senza di me!»

«Dammi retta, arrivato allo scopo si rimette subito a caccia di qualche altra preda da conquistare.» Mi risento, non sono una preda. Cosa le è venuto in mente? Possibile che tutti i ragazzi pensano solo al sesso? Si sbaglia, in questo caso è diverso. Lui è *diverso*. Giò si scusa, ammette che magari, anzi sicuramente si sbaglia. Poi, scherzando, mi dice che comunque Ale, quella sera alla festa, l'ho conquistato con il mio look fatale e che la lista 'per diventare irresistibili' ha funzionato; rido divertita. Continuiamo a passeggiare in via Cola di Rienzo. C'è folla, si vede che sta per iniziare il weekend, non si riesce quasi a camminare; è pieno di bancarelle lungo la via e ragazzi africani che vendono borse, con la merce per terra. Entriamo da Coin ma usciamo dopo poco senza aver comprato niente. Il bello della primavera è che fa buio tardi, le giornate si allungano e cominci già a pensare all'estate, alla fine della scuola, alle vacanze. Chissà quest'anno cosa farò, spero di andare qualche volta al mare con Ale; non vedo l'ora di tuffarmi con lui tra le onde per poi buttarci ancora bagnati sulla sabbia e rimanere abbracciati per ore. Sento già il suo odore mischiato a quello del mare e della sabbia. E poi c'è il sesso, già, chissà com'è. Saluto Giò, e mentre salgo le scale di casa penso a Marta. Ieri l'ho chiamata e le ho raccontato di Ale, ma l'ho sentita strana; nell'aria c'è qualcosa che non va, la litigata ha cambiato l'atmosfera tra noi; mi mancano i nostri pomeriggi insieme. Decido di chiamare zia Mapi, magari lei potrà aiutarmi a trovare una soluzione. Le chiedo se posso passare a trovarla, si entusiasma, mi aspetta al solito bar. Entro dentro casa, lascio un biglietto ai miei, avvertendoli che sarò di ritorno verso le sette, ed esco di nuovo.

Arrivo in piazza Cavour, attraverso i giardinetti e decido di passare per via Crescenzio. Ormai la primavera si sente nell'aria, la stessa che Marta non sopporta, forse per via del polline. Dice che è allergica, o forse è un modo per mettersi in mostra? Cammino a passo spedito mentre guardo in alto le nuvole che corrono veloci. Penso ad Ale, domani lo vedo, sono contenta solo all'idea; conto le ore, i minuti, i secondi che mi separano da lui. Oggi aveva gli allenamenti di calcio... quanto mi manca!

Arrivo a Borgo Pio e zia Mapi è già lí, seduta a un tavolino fuori del bar; sta chiacchierando con una signora anziana, la vedo ridere. A volte mi chiedo se anche lei, qualche volta, si arrabbia: non riesco a immaginarla. Appena mi vede, fa un cenno con la mano.

«Cosa prendi?» mi chiede appena seduta.

«Niente, grazie.»

«Ti consiglio il gelato... è fatto in casa, lo fa Gino, il padre» e mi indica il ragazzo che serve ai tavoli.

«Okay, allora una coppetta con crema, nutella e bacio.» Lei ride.

Mentre aspettiamo, mi chiede come stanno i miei, poi con aria interessata chiede come va con Ale. Arrossisco; Marta deve averle detto qualcosa. Vuole sapere come e quando ci siamo conosciuti. Vorrei dirle tutto di lui, di quanto mi piace il suo odore, le sue carezze, i suoi baci; di come mi sciolgo quando mi abbraccia, di come sono innamorata, ma taccio imbarazzata. Parliamo un po', non so come dirle di Marta, ma lei mi viene in aiuto appena arriva il gelato.

«E con Marta tutto bene? In questi giorni mi sembra stranamente silenziosa, ho la sensazione che mi stia nascondendo qualcosa, o sbaglio?» chiede.

Le racconto della festa di Filippo e della lite con Giò; lei ascolta in silenzio, poi sospira.

«Marta è una ragazza molto impulsiva, a volte fa o dice cose senza pensarci, ma questo non vuol dire che le pensi veramente. In piú il suo orgoglio le impedisce di ammettere gli errori; ha bisogno che qualcuno le faccia capire che può capitare a tutti di sbagliare e chi, se non la sua migliore amica?» Mi sorride tranquilla. «Non pensi?»

Ha ragione, tutti possono fare degli sbagli, non c'è niente di male ad ammetterlo, anzi gli errori servono per non commetterli di nuovo, lo dice sempre anche mio padre.

Finito il gelato, rimaniamo sedute ancora un po'; mi guardo intorno. Ogni tanto la zia saluta qualcuno. Le squilla il cell, è lo zio Giulio; si tocca un ricciolo ribelle e sembra divertita da qualcosa che lui le sta dicendo. Chissà perché non hanno figli, devo chiederlo a Marta. Appena finito, mi racconta del viaggio che stanno organizzando, vogliono andare in Perú e fare il sentiero degli Incas, a piedi fino a Machu Picchu, dormendo in tenda. Non pensavo che fossero tipi da trekking e da tenda, sono sbalordita. Continua dicendo che se anche la distanza non è molta, bisogna passare tre diverse montagne; una delle quali arriva a quota 4.200, anche se la città da cui si parte è già molto alta, 3.200 metri. Il percorso è affascinante, si attraversano fiumi, rovine di vecchi villaggi, tratti di foreste, valichi prima di arrivare a questa famosa località chiamata anche 'città perduta'. Mi racconta che fu scoperta per caso da uno storico americano che cercava un'altra città ed era completamente coperta da spessi strati di vegetazione. Ci sono molte teorie, ma l'unica cosa certa è che era un importante centro spirituale. Chiedo alla zia degli Incas. Erano una popolazione esistita per meno di un secolo, fino all'arrivo degli spagnoli, intorno al 1500. Non avevano una lingua scritta, quindi la loro storia veniva tramandata oralmente di generazione in generazione. Cuzco, la stessa città da cui si parte per il trekking, era la capitale di questo impero. Secondo la leggenda fu fondata nel XII secolo dal primo inca, considerato il figlio del Sole. Questi conficcò un ramo d'oro nel terreno, che scomparve; da qui il nome 'ombelico del mondo', in lingua locale; cosí il figlio del sole fondò proprio in questo punto la città che sarebbe divenuta il centro del piú grande impero dell'emisfero occidentale.

Mentre parla le ridono gli occhi; sono affascinata dal suo modo di raccontare, il suo entusiasmo mi contagia, partirei con lei domani. La saluto che sono risollevata.

Mentre torno a casa chiamo Sara.

«Ehi, come stai, oggi quanti ne hai lavati?» scherzo.

«Non c'è niente da ridere; non pensavo fosse un lavoro cosí faticoso; sto tutto il pomeriggio in piedi e arrivo la sera a casa che ho i piedi gonfi come due salsicce. E con quei cani, un delirio, non puoi distrarti un attimo.» Rido divertita immaginandomi la scena.

«Quando ci vediamo?» chiedo.

«Non so che dire, in questo periodo non ho un attimo di tempo, non mi sono ancora organizzata bene. Con Marta com'è finita, ha chiamato Giò?»

«No, ma ho deciso di parlarle domani, vado a casa sua e la faccio ragionare.»

«Grande, fammi sapere» e ci salutiamo.

Il giorno dopo arrivo a casa di Marta verso le cinque. Mi viene ad aprire Marco. «Vale, quanto tempo, come stai?»

Avrei preferito non incontrarlo, non riesco ancora ad accettare che stia insieme a Fede. «Benissimo, tu con Fede tutto a posto?» grugnisco. Ma come mi è saltato in mente? Avrei voluto mordermi la lingua. Lui mi guarda strano; vorrei sprofondare. Adesso penserà che sono gelosa. «Devo andare da Marta, mi sta aspettando» e fuggo via senza aspettare risposta. Busso alla porta.

«Vale, entra e chiudi la porta.» Mi lascio cadere sul letto pieno di cuscini. Sta ascoltando Robbie Williams. «Allora come stai?» le chiedo.

«Lascia perdere, ho appena litigato con Marco.» A sentire quel nome ho un moto di fastidio.

«Perché?»

«Non ho voglia di trovarmi quell'antipatica di Federica sempre tra i piedi, già la devo sopportare a scuola...»

«Ancora si frequentano?» chiedo curiosa senza darlo a vedere.

«Non lo so, non si capisce bene, ma penso di sí, anche se li sento spesso litigare al telefono.» Non riesco a trattenere un sorriso. Poi mi pento e spero che Marta non se ne accorga. Che me ne importa di quello che fa Marco?

Decido di affrontare subito quell'argomento spinoso. Parlo per un ora di seguito, le dico tutto quello che penso; per la prima volta io parlo e lei ascolta. Ogni tanto si guarda le mani, nervosa; finisco e mi sento come liberata da un grosso peso; rimaniamo in silenzio. Marta si alza, cambia CD, si risiede e alla fine comincia a parlare e ammette di aver esagerato, di essersi comportata come una bambina. Mi racconta che appena successo avrebbe voluto correre dietro a Giò e dirle che le dispiaceva, che non pensava realmente quelle cose, che lei era un'amica d'oro e non si meritava tutte quelle cattiverie; ma poi con il passare dei giorni è diventato sempre piú difficile riuscire a parlarne, era come se aumentasse di peso e significato. Sento che è realmente dispiaciuta e tiro un sospiro di sollievo, questa è la Marta che conosco, a cui voglio bene; questa è la mia amica del cuore. Sarebbe stata dura dover accettare di vederla trasformata in una persona insensibile e fredda. Finalmente ci rilassiamo, adesso rimane solo da trovare il modo giusto per scusarsi con Giò. Marta esce dalla stanza per tornare dopo poco con due belle fette di torta al cioccolato.

«Mi è venuta una fame pazzesca, a te no?» dice passandomi il dolce; poi alza il volume dello stereo, comincia a ballare, cantando a squarciagola Madonna; rido contenta, mi alzo e la seguo. Alla fine ci buttiamo distrutte sul letto.

«Vale, ho un'idea per Giò, ma devi aiutarmi.»

In cinque minuti siamo per strada e ci diamo appuntamento un'ora dopo, davanti ai cancelli della scuola. Entriamo dentro il cortile da un buco che c'è nella rete, non lontano dal cancello. Sono un po' agitata, non sono brava a fare queste cose, ho il terrore che ci scoprano. Di fronte alle scale, che portano all'edificio della scuola, c'è un muretto di recinzione, dove in genere ci sediamo alla fine delle lezioni. Marta tira fuori dallo zaino un vecchio lenzuolo e della vernice rosa (giusto lei! Ma non poteva scegliere un altro colore?) e con un grosso pennello si mette all'opera. Per vedere meglio, ho portato due grosse candele da giardino che abbiamo posizionato per terra. Per fortuna in mezz'ora riusciamo a finire tutto.

«Speriamo che domani la bidella non tocchi niente.»

«Ormai è andata» dice Marta.

«Anzi, io farei un'altra cosa, domani mattina arriviamo prima e avvertiamo noi la bidella.»

«Mi sembra una grande idea.»

«Andiamo» e usciamo di corsa.

La mattina dopo, alle otto siamo davanti ai cancelli di scuola, decisamente nervose. La bidella, appena vede Marta, le si avvicina con passo minaccioso.

«Sei stata tu a mettere il lenzuolo con quella scritta?» chiede.

«Sí, ecco... stavo proprio venendo da lei a spiegare...»

La bidella è furiosa.

«La prego,» intervengo «sia gentile, all'uscita le promettiamo di togliere tutto, è una cosa molto importante.» E per intenerirla le racconto, esagerando, tutta la storia. Lei vacilla. Alla fine cede.

Che sollievo, per un attimo ce la siamo vista brutta. La ringraziamo e fuggiamo in classe. Mentre stiamo per entrare, mi sembra di vedere Ale che bisbiglia qualcosa all'orecchio di Federica; sento una leggera fitta allo stomaco, ma non ho il tempo di verificare, la campanella è già suonata. Forse ho visto male, non era lei. Entriamo in classe e Federica si accoda. No! Era lei, ma che cavolo si stavano dicendo? E poi lei non sta con Marco? Mentre mi siedo al banco, mi giro a guardarla; ridacchia con le sue amiche. Sento il cuore scoppiarmi, vorrei fuggire. Sto esagerando, in fondo cosa è successo? Magari non stava affatto parlando con lui; sono troppo gelosa, ma cosa vado a pensare.

«Valentina, cominci tu?» Oddio, che cosa? Guardo Marta che capisce al volo. «Pagina 120... ma che ti succede?»

Dove ho messo il libro di storia? Cerco velocemente nello zaino.

«Valentina, sei qui con noi?» dice ironica la prof.

«Sí, scusi un attimo, sto cercando la pagina.» Ma perché proprio io? Sento Fede e la classe ridacchiare. Vorrei saltarle addosso.

«Va bene, ho capito. Marta, comincia tu.» La guardo scusandomi.

«Posso andare in bagno?» chiedo.

«Valentina, non abbiamo neanche cominciato!» Che figura! Sto esagerando, lui mi ama... me l'ha detto. Sospiro. Guardo fuori dalla finestra; gli alberi si muovono, ci deve essere vento. Vorrei che una folata aprisse la vetrata dell'aula e mi portasse via, sempre piú in alto e da lí fino al mare, per poi lasciarmi sulla sabbia, sola, ad assorbire il sole sulla pelle. Sto impazzendo; mi guardo intorno, ma non vedo piú nessuno.

«Vale, esci o hai intenzione di rimanere qui fino a domani?»

«In che senso?»

«Ma che ti ha preso? È suonata la ricreazione.»

«Scusa, oggi sono distratta, arrivo.»

Usciamo fuori e mentre scendiamo gli ultimi gradini vediamo Sara e Giò che sono davanti al muretto; è vero, me ne stavo dimenticando! Passa Claudia che legge a voce alta: «Giò scusami! TVUKDB – Ti voglio un kasino di bene. Marta» e aggiunge, rivolta a Fede «patetica!» Sto per girarmi verso di loro quando Marta mi prende per un braccio «Andiamo, ignorale, sono due poveracce.»

Giò in quel momento si gira e ci vede; ha gli occhi lucidi. Marta mi stringe forte la mano, poi la lascia, si avvicina e l'abbraccia. «Mi dispiace,» le sussurra «ho detto delle cose orribili, scusami, non le pensavo affatto.» Per fortuna è suonata la campanella, altrimenti ci saremmo messe tutte e quattro a piangere a dirotto!

All'uscita di scuola mi dirigo subito verso Ale che sta con gli altri seduto sul motorino. Lo chiamo e gli sorrido. Mi sento agitata.

«Vale, ciao.» Mi abbraccia e mi dà un bacio sulle labbra. «Quanto mi sei mancata.» Affondo la testa sul suo collo. Come ho potuto dubitare di lui? Senza staccarmi, gli chiedo se ci vediamo dopo.

«Veramente oggi non posso, ho di nuovo gli allenamenti.»

«Ma come...»

«Scusa, ma devo andare, ti chiamo piú tardi» e mi bacia, ancora. Mi lascio andare come trasportata dal mare; inspiro il suo odore, non vorrei staccarmi; ma lui si allontana, si mette il casco, accende il motorino e va via. Ho una strana sensazione di vuoto, vorrei richiamarlo; non so bene perché ma mi viene da piangere. Oddio, oggi è il giorno del pianto facile.

«Vale, che fai, torni con noi?» mi urla Sara.

Corro verso di loro e ci incamminiamo, ma non riesco a dire una parola; le sento ridere di qualcosa che deve aver detto Marta.

«Ma cos'è questo muso?» mi chiede Giò.

«Niente, ho solo una brutta sensazione.»

«Cioè?»

Le racconto quello che è successo.

«Mi sembri un po' paranoica. Non ci pensare.»

Ed entriamo a comprarci la pizza dal nostro solito fornaio.

Ma sí, mi sto facendo trasportare dalla fantasia. Per fortuna che ci sono loro, sorrido guardando le mie amiche. Compro un pezzo di pizza con il rosmarino. Bianca e croccante, come piace a me.

Dopo pranzo esco con Marta a fare un giro in centro. Adesso che la situazione si è risolta, e siamo tutte e due piú rilassate, vogliamo recuperare il tempo perduto. Le chiedo di Luca, mi deve raccontare tutto quello che è successo da quando si sono messi insieme; sono curiosissima. Lei mi racconta che è molto contenta, lui è affettuoso e le fa sempre mille regali; ma preferisce uscirci da sola perché in presenza di altri, specialmente di Ale, Luca mantiene le distanze, distaccato, come se avesse paura di essere giudicato male dagli amici. Anche se continua a dirmi che è felice, non sento nella sua voce un grande trasporto.

«Ma cosa provi quando lui ti sfiora, ti abbraccia? Ti emozioni? Non ti sento convinta.»

Lei ride. Mi dice che è felice, ma non è sicuramente l'uomo della sua vita. Per fortuna, penso, è appena il primo!!! Capisco che siamo proprio diverse e per la prima volta non invidio il suo carattere.

«Ma il bacio ti è piaciuto?» le chiedo non resistendo piú alla curiosità.

«In che senso?»
«È stato come te l'aspettavi?»
«Ma non è stato il primo.»
«Sí, lo so, ma l'altro hai sempre detto che non andava calcolato.»
«Certo, quest'estate quel tipo mi ha baciata una sola volta e poi non l'ho piú visto, ci sono rimasta malissimo.»
«Appunto, e questo invece, com'è stato?»
La vedo incerta, non mi dire che anche Marta si imbarazza!
«A me non è piaciuto tanto, devo confessartelo» continuo io.
Non so, uno vede tanti film al cinema, alla televisione, ti immagini che sia una cosa sconvolgente e invece no, niente di tutto questo, e poi diciamolo, tutto quell'umidiccio fa anche un po' senso. Marta scoppia a ridere. Ammette che anche a lei ha fatto un po' impressione, anche se Luca è stato molto tenero e delicato. Lei ha spalancato la bocca in maniera spropositata, come dal dentista, dice ridendo come una matta. A me viene solo in mente che mentre ci baciavamo non sapevo dove mettere le mani.
«Sul suo sedere!» risponde Marta ridendo.
«Ma che dici!» e rido imbarazzata solo all'idea.
«Senti, ma a parte i baci?» mi chiede lei con aria complice.
«Che vuoi dire? In che senso?»
«Be', insomma, vi siete solo baciati?»
La guardo stupita. Non ci posso credere, non mi dire che...
«Non fare quella faccia, Vale; che c'è di male?»
«Tipo, tu che hai fatto?» Sono sbalordita, o forse sono io che dormo?
Mi racconta che Luca alla seconda uscita le ha messo

le mani sotto la maglietta cercando di sganciarle il reggiseno. Arrossisco per lei mentre Marta ridacchia.

«E poi?»

«Se devi fare quella faccia non ti racconto piú niente.»

«No, scusa, ma non ero preparata; dài, raccontami, sono curiosissima.» E in effetti è vero.

«Insomma, all'inizio ho fatto un po' di resistenza, poi però mi divertiva questo continuo provare cose nuove, cosí ho cominciato a sperimentare anch'io.»

«Vuoi dire che...» Ride di fronte al mio imbarazzo. «L'hai toccato proprio lí?»

Lei annuisce.

«E com'è? Dio, non ci posso credere, mi vergogno solo all'idea!»

«Insomma, che dire, è stata una cosa cosí strana; in realtà non è che ho fatto chissà cosa; ho messo la mano nei suoi jeans e l'ho solo toccato.»

«E allora?»

«Era strano, ho sentito a malapena una cosa dura, cosí impaurita ho tolto subito la mano. Luca sembrava come se l'avesse toccato la corrente elettrica, dovevi vedere la sua faccia.»

«Forse gli hai fatto male» provo a ipotizzare.

«Non mi è sembrato proprio, anzi... secondo me non voleva che la togliessi.»

Non rispondo.

«Tu pensi che non dovevo farlo? Dovevo aspettare di piú?»

«Non so, Marta, non mi sento di giudicarti; siamo profondamente diverse; ognuno deve fare quello che si sente; forse però vuoi accelerare troppo le cose, se vai avanti cosí tra un mese ci vai a letto!»

«Esagerata!» cerca di scherzare un po'. «E se fosse, cosa ci sarebbe di male?»

Sono perplessa. Come si fa a fare una cosa del genere

solo per curiosità? E la parte romantica dove la mettiamo? Non considera un aspetto per me fondamentale: il sentimento; io senza amore non riuscirei a fare niente, neanche a dare un bacio; forse però mi sbaglio. Chissà come sarà la prima volta? E se fosse Ale quello giusto? Non so, sono un po' confusa, penso mentre continuiamo la nostra passeggiata.

Il *beep beep* del cell interrompe i miei pensieri. È Ale, ha appena finito gli allenamenti con Luca, chiede se ci vediamo tutti e quattro tra mezz'ora all'Adriano per un filmetto.

Ma allora gli manco, penso euforica mentre ci avviamo. Intravedo i suoi capelli in mezzo alla folla del cinema e dimentico tutto; il cuore fa un balzo, vorrei corrergli incontro ma continuo a camminare tranquillamente parlando con Marta. Arrivo da dietro e gli metto le mani sugli occhi; lui si gira, mi prende per la vita e mi stringe a lui con un bacio sulla bocca. Chiudo gli occhi e quando li riapro vedo un pacchetto, ma è un regalo... per me... un ciondolo con un piccolo cuore... allora mi ama, sííí, mi ama! Mi sciolgo come neve al sole e le ansie scompaiono all'istante; intimidita, lo bacio e lo stringo forte.

«Cosí sarò sempre vicino a te» mi sussurra all'orecchio mentre prendiamo posto al cinema. Ridacchio prendendolo in giro, ma sono al settimo cielo.

Rimaniamo seduti vicini mentre in sala si spengono le luci; meglio, cosí mi sento piú audace; sento Marta e Luca ridacchiare, mi giro e vedo lui che le sta sussurrando qualcosa all'orecchio, o forse la sta baciando; non so perché, ma adesso li vedo sotto un'altra luce, come se non condividessimo piú le stesse cose; forse sto esagerando. Non riesco a concentrarmi sul film. Ma che siamo venuti a vedere? Ale mi accarezza il collo e sono percorsa da piccoli brividi, ho la pelle d'oca. Chiudo gli occhi, vorrei non smettesse mai.

All'uscita si offre di accompagnarmi a casa, cosí salutiamo Luca e Marta. Peccato che abito cosí vicino, penso mentre attraversiamo la strada.

Decidiamo di fermarci al nostro solito posto, sul lungotevere. Mi lascio andare alle sue carezze, ai suoi baci. Ma lui lo sento leggermente diverso, non saprei dire come, piú distaccato. Sto per chiedergli cosa c'è quando sento la sua mano farsi strada sotto la mia maglietta; mi irrigidisco.

«Ale, che fai?» dico scherzando.

«Rilassati, non faccio niente di male, voglio solo toccarti un po'» Ma cos'è, una congiura? Prima Marta e adesso Ale, mi sento circondata. Sono frastornata e imbarazzata, da un lato non voglio fare la figura della bambina, ma dall'altro non mi va per niente.

Lui si ritrae e mi stringe ancora di piú. Ma dopo pochi istanti spinge la mia mano verso il basso e io la ritiro come se avessi toccato il fuoco. Ale ridacchia e comincia a baciarmi sul collo mentre la sua mano gioca con il bordo dei miei jeans... Oddio, fa' che non vada avanti. Lo lascio fare. Sento le sue dita che si infilano senza indugio sotto le mutandine e un brivido mi corre lungo la schiena. Forse ha ragione Marta. Vorrei chiamarla, ora, e chiederle che fare. Ma no, io sono diversa e non ce la faccio. Lo allontano bruscamente. E lui mi guarda in modo strano. Non so che cavolo gli ha preso oggi, penso a questo punto infastidita.

«Scusa, Ale, ma non mi sento pronta» gli dico scostandomi leggermente da lui.

«Ma Vale, che vuoi che sia, non c'è niente di male, in fondo anche la tua amica Marta lo fa.»

Rimango di sasso. Che colpo basso. Mi allontano riluttante.

«Senti Ale, ti amo alla follia, ma non me la sento, ho bisogno di piú tempo; non penso che ci sia niente di male; non credo di dovermi sentire in colpa perché Marta lo fa e io no.» Adesso mi sto veramente innervosendo.

«Quante storie, non è mica la fine del mondo!» dice lui un po' stizzito.

Ma che gli prende? In fondo stiamo insieme da cosí poco tempo. Che fretta c'è? Forse però devo lasciarmi andare di piú, forse hanno ragione lui e Marta, sono io che sto facendo un dramma per niente.

«Senti, Ale...» sto per dire, ma lui mi zittisce con un dito.

«Vale, lascia perdere!» e mi avvolge completamente con un bacio che mi lascia senza fiato. Sospiro, ho ritrovato il mio amore!

Ormai è buio e anche se a malincuore ci avviamo verso casa. Per fortuna quel piccolo screzio è già passato, penso toccando il cuoricino. Ma appena girato l'angolo la mia nuvoletta rosa viene spazzata via dalla vista di Marco e Fede che escono da casa di lui; vorrei evitarli ma è troppo tardi, cosí ci avviciniamo e li salutiamo. Io e Marco siamo visibilmente a disagio, Alessandro e Federica invece si salutano calorosamente e cominciano a chiacchierare come vecchi amici. Non pensavo si conoscessero cosí bene. Guardo Marco e scopro che mi sta fissando; lui sorride e io abbasso gli occhi imbarazzata. Tocco il ciondolo al collo e mi avvicino di piú ad Ale, ma sembra non accorgersi di me, è distratto da Fede; mi sento fuori posto e non so bene perché. Si sta forse vendicando dell'episodio di prima? Sono frastornata. Ma che ci faccio lí come uno stoccafisso? Vorrei tirare via Ale, ma ho paura di fare la figura della gelosa... ma io *sono* gelosa, uffa! Lei insiste per andare a una festa tutti insieme!

«No, grazie, è tardi, devo andare a casa» rispondo, forse con un tono un po' troppo acido. Ale, visibilmente dispiaciuto, sta per dire qualcosa, poi rinuncia; si avvicina a lei per salutarla e mi sembra di vedere un movimento delle labbra.

«Che cosa le hai detto?» gli chiedo indispettita non appena ci allontaniamo.

«Ma quando?» risponde lui con aria innocente.

«Ale, smettila di fare quella faccia, ti ho visto benissimo, le hai sussurrato qualcosa all'orecchio.»

«Vale, ti sbagli, ma adesso fai la gelosa?» e mi abbraccia, baciandomi affettuosamente. Mi divincolo infastidita. Vorrei avere il coraggio di fargli la domanda che mi martella: 'ci stai provando con Fede perché non ti ho concesso di piú?'; ma non ci riesco e cosí lo saluto mentre entro nel portone di casa, con l'ansia che si insinua dentro di me. È strana la gelosia, è come un liquido denso che ti entra dentro senza che neanche te ne accorgi e lentamente si allarga a macchia d'olio fino a prendere il sopravvento su di te. Salgo le scale di casa e mi sento triste e stanca. Non so cosa fare, non sono in grado di controllare questa situazione. Sono una paranoica? Ho la sensazione che mi sfugga qualcosa. Sarà la mancanza d'esperienza? Arrivo in camera, mi butto sul letto e copro il viso con il cuscino.

Un incontro da dimenticare

Anche oggi non vedo Ale, ha gli allenamenti; domani però mi ha promesso che passeremo il pomeriggio insieme. Sto aspettando Marta, vogliamo arrivare fino a Campo dei Fiori; lei si vuole comprare un costume nuovo e io un paio di infradito. Sono un po' nervosa, non ho voglia di aspettarla a casa, cosí scendo in strada e le mando un sms per darle appuntamento al solito semaforo. Arrivo e mi siedo sul muretto, lo stesso dove mi metto sempre con Ale, respiro l'aria e guardo il Tevere che scorre sotto; peccato che l'acqua non sia limpida. Vedo un signore con un cane che passeggia mentre legge il giornale; il cane lo tira all'improvviso facendolo sbandare e per poco non sbatte addosso a un palo della luce; rido divertita. È inutile che se la prende con il cane, poverino, se guardasse la strada invece di leggere. Mi giro dall'altra parte. Due ragazzi stanno abbracciati, si vede che sono proprio innamorati; lui mi ricorda Ale, lo stesso modo di muoversi, di gesticolare, di toccarsi i capelli. Sospiro e mi giro da un'altra parta, poi, incuriosita, mi giro di nuovo. Certo, gli somiglia proprio; senza pensarci su troppo, scendo e mi avvicino un po' a loro, ma senza farmi notare. Mi blocco...

non può essere, metto a fuoco meglio; mi si gela il sangue. Ma è proprio lui... Ale, e lei... no, non può essere, ma sí, invece è proprio lei, Federica. Barcollo. No, ti prego, fa' che sia un'allucinazione. Mi guardo intorno, ma vedo tutto confuso, il sangue mi martella le tempie. Chiudo gli occhi e li riapro, ma loro sono ancora lí. Mi sbaglio, sí, mi sbaglio, Ale oggi aveva gli allenamenti, me l'ha detto lui. Sono due che gli somigliano. Cosa vado a pensare, e poi l'altro giorno mi ha anche regalato il ciondolo a forma di cuore, lo tocco con la mano; da quando me l'ha dato non lo tolgo piú; mi sento smarrita. Mi nascondo dietro un cespuglio per vedere meglio, mi prenderanno per una guardona, penso, che vergogna; ma non resisto, devo sapere. La sta baciando con foga; le ha messo le braccia intorno alla vita e la stringe, proprio come fa con me. Riconosco le gambe lunghe di Fede, i suoi famosi braccialetti che suonano sempre al suo passaggio. Sono impietrita, non riesco a muovere un muscolo. Sento le gambe tremare e mi appoggio all'albero lí vicino. E ora cosa faccio? Le lacrime cominciano a scendere senza controllo. Potrei lasciarmi cadere nel biondo Tevere, come diceva mio nonno, (mica poi tanto biondo) e farmi trasportare dalla corrente fino al mare, per poi tramutarmi in un delfino. Sí, lo so, nei nostri mari i delfini non esistono, lo dice anche la prof, ma non importa, qui facciamo un'eccezione. Stupida, sono stata una stupida; sento una voce dentro di me che dice di andare via, ma non riesco a muovermi! Mi sento umiliata, si è preso gioco di me. Dovrei avere il coraggio di affrontarlo, andare lí e fargli una scenata, insultarlo, dirgli quanto è stato bugiardo e a lei, a lei... non mi viene in mente niente di appropriato da dirle, ma come possono esistere persone simili? Penso a Marco, poverino, qualcuno dovrà dirglielo. Non resisto piú. Mi allontano dal cespuglio, ma poi ci torno; è come se volessi farmi del male, sono attratta perversamente da quella scena. Le tempie mi martellano, come ha potuto portarla proprio dietro casa mia, nel nostro posto? Le lacrime continuano a scendere, sento arrivare anche i singhiozzi; alla fine, disperata, mi giro e comincio a correre a perdifiato, cercando di mettere piú distanza possibile tra loro e me. Corro, corro fino a farmi scoppiare il cuore. «Bugiardo, bugiardo, perché mi hai fatto questo?» urlo... Adesso mi prende un colpo! Domani troveranno scritto sul giornale: 'ragazza trovata morta su lungotevere, forse un colpo di sole!'

Squilla il cell. «Ma dove diavolo sei?»

«Marta, oh Marta, è successa una cosa terribile» dico tra un singhiozzo e l'altro.

«Vale, che cosa? Chi? Non importa, dimmi dove sei che arrivo.»

Dopo mezz'ora siamo sedute ai giardini di Castel Sant'Angelo.

«Aveva ragione Giò, mi aveva avvertito ma non le ho voluto dare retta.»

«Non riesco ancora a crederci; certo, non si può dire che abbia perso tempo. E ora cosa fai?»

«Gli brucio il motorino? Gli lascio una scritta davanti casa tipo 'Alessandro è uno S... con la S maiuscola'? Lo aspetto fuori scuola e lo insulto!» Poi la guardo negli occhi «Tu che faresti?» Mi abbraccia.

«Lui non ti ha vista; battilo sul tempo, mandagli un messaggino dicendogli che ti sei stancata di lui e che non state piú insieme. Non devi dargli altre spiegazioni. Deve morire.»

Ma io come farò a sopravvivere senza il suo profumo e le sue carezze?

Sessanta giorni dopo, contati uno per uno

Sono passati due mesi da quando ho lasciato Ale e sono orgogliosa di me; sto facendo come mi ha consigliato Marta, ma che fatica! In realtà vorrei ancora andare lí e dirgli tutto quello che penso di lui, ma non mi sento ancora pronta, se ci provassi scoppierei in lacrime quasi subito. E poi cosa c'è da dire? Ha mentito e si è preso gioco di me; che bisogno c'era di dirmi che mi amava, che gli mancavo, che non poteva stare senza di me e poi quando non gli ho concesso di piú si è buttato a pesce su Federica? Non so se riuscirò a dimenticarlo, è troppo forte l'umiliazione. A casa, mia madre ha capito e deve averlo detto anche a papà. Sono piú carini, non mi stanno addosso come al solito, e anche se non riordino la camera non mi dicono niente. Questo fine settimana mi portano a Venezia. Ma allora conviene essere tristi e infelici!

I primi giorni sono stati i piú difficili e se non era per le mie amiche che mi hanno aiutato a tenerlo lontano non so se ci sarei riuscita. Lui ancora oggi non si dà pace; continua a mandare mille sms, a chiedermi cosa è successo e perché non voglio piú vederlo; che coraggio! Immagino che sia per il suo orgoglio maschile, deve essere terribile per lui, pensava di lasciare e si ritrova lasciato. Magra consolazione; non voglio piú innamorarmi!

Luca ha provato a sapere qualcosa da Marta, e lei da fedele amica gli ha risposto che non c'era niente da sapere, non mi piaceva piú, era troppo immaturo. Forse ha un po' esagerato e non so se Luca ci ha creduto, ma che importanza ha?

Sto tornando da scuola, persa nei miei lugubri pensieri; lo zaino sulle spalle mi pesa per i libri, oggi ne ho portati troppi, penso. Cammino guardando per terra; sento il clacson di un motorino suonare, ma non ci faccio caso; voglio arrivare in fretta a casa, sta anche cominciando a piovere.

«Ehi, è cosí che saluti gli amici?» Alzo la testa di scatto... Marco!

«Scusami, non ti avevo sentito, ero distratta» sorrido imbarazzata.

Chissà quanto avrà sofferto anche lui, anche se a detta di Marta non sembra molto. Forse i ragazzi soffrono meno, oppure sono io l'unica ingenua a non avere capito quello che stava succedendo? Vale che sta sempre sulle nuvole, ecco cosa sono.

I suoi occhi azzurri mi sorridono. Mi intenerisco.

«Vai di fretta?» mi chiede.

«Dovrei andare a pranzo a casa, vuoi venire? Oggi sono sola.» Inorridisco. Come mi è venuto in mente di invitarlo a casa? E per giunta aggiungendo che non c'era nessuno. Adesso si farà un'idea sbagliata, penserà che ci sto provando.

«Grazie, non posso, sto andando agli allenamenti di pallanuoto.»

Ma possibile che hanno tutti gli allenamenti?

«Ma se hai voglia ci possiamo vedere dopo per un gelato da Tony» continua lui.

«Scusa, ma devo studiare inglese, domani ho l'interrogazione» balbetto. Che fifona, ma no, ho fatto bene, meglio non fare casini. È visibilmente dispiaciuto, ma non insiste. Dopo poco mi saluta e risale in moto. Mentre torno a casa ci ripenso, sono stata una maleducata, Marco è cosí carino quando mi vede, non merita di essere trattato male, non è mica Alessandro. Mi rifarò la prossima volta, e poi è solo un amico, giusto?

Venezia è meravigliosa. Oggi abbiamo visitato Piazza San Marco, Canal Grande, il Ponte dei Sospiri, le isole di Murano, Burano e Torcello. Poi la Fenice, la zona ebraica e quella universitaria. Mentre camminiamo, fantastico di essere vestita come una dama dell'Ottocento. È notte e la nebbia rende tutto piú spettrale. Stiamo girando tra i canali e le calli. C'è la festa della duchessa Isabella a Palazzo Ducale. Sono emozionata, è il mio debutto in società. I miei mi precedono. Sento il fruscio delle mie vesti sul marciapiede. Mi aspetto da un momento all'altro che appaia un cavaliere su un cavallo bianco... ma possono girare i cavalli a Venezia? Abbandono i miei sogni. Mamma e papà sono stravolti, stiamo girando da ore senza sosta. Alla fine, affamati, ci buttiamo in un'osteria: si chiama *Il milione* in memoria di Marco Polo, il mercante veneziano, e per tutta la cena ci lasciamo affascinare da un nostro vicino di tavolo, un anziano signore, particolarmente loquace. Racconta che Marco Polo, fatto prigioniero a Genova, narra al compagno di cella le proprie esperienze e 'la descrizione del mondo', come la chiama lui. Questi scrive il cosiddetto 'libro delle meraviglie' sotto dettatura, in una lingua diffusa tra gli intellettuali dell'epoca. Il successo fu immediato e il libro permise di far conoscere l'Oriente all'Occidente. Non si sa se queste informazioni furono autentiche o no, fatto sta che per secoli l'immagine dell'Oriente rimase quella diffusa da questo libro. Il veneziano continua a raccontare che proprio da San Marco salpavano le imbarcazioni. Era un passaggio obbligatorio per ringraziare e chiedere protezione. Anche Marco Polo partí dalla basilica di San Marco; un tempo la piazza era piú piccola e l'acqua arrivava quasi alla chiesa e al campanile. Chissà come doveva essere diversa, penso, mentre mi si chiudono gli occhi dalla stanchezza.

Lasciamo l'osteria a notte inoltrata, e se non fosse stato per la voglia di dormire saremmo rimasti ancora.

La mattina dopo siamo sul vaporetto diretti alla stazione; mi dispiace dover andare via cosí presto; mi piace questa città. Guardo la laguna attaccata al vetro.

«Hi, do you speak english?»

Ma chi è? Ce l'ha con me? Mi giro intorno, ma vicino a me non c'è nessuno; mi sa che ce l'ha proprio con me. Guardo in direzione della voce e vedo un ragazzo sorridermi; è moro, leggermente piú alto di me, gli occhi chiari; avrà qualche anno in piú.

«Yes» rispondo timidamente; cerco i miei tra la folla, li vedo ma loro sembrano non essersi accorti di nulla.

«Nice to meet you, I'm Ian, and you?»

«My name is Valentina.» Mi rigiro a guardare fuori.

«Where are you from?»

«Rome, and you?» Mi giro a guardarlo, è carino. Mi viene da ridere.

«From Amsterdam, Holland. Are you alone?» La conversazione si fa impegnativa; mi giro e indico i miei genitori.

«No, with my parents.»

«You are a very pretty girl. Could I have your mobile?» E ora che ha detto? Lo guardo interrogativa; forse si è perso e mi sta chiedendo qualche informazione; peccato che non lo capisco.

«I'm sorry, I don't understand» rispondo dispiaciuta.

Lui sorride, mi prende la mano, la gira e ci scrive sopra un numero di telefono.

«Call me, or send me a text message, my tiny sweet love» e scende al volo mentre il vaporetto si allontana. Lo seguo con lo sguardo e lui dalla banchina mi manda un bacio; rido divertita mentre lo saluto timidamente. Mia madre mi guarda di sottecchi e mi fa un sorriso complice.

Ci tornerò sicuramente a Venezia, penso, mentre giro e rigiro, sorridendo, il palmo della mano.

Sono a casa a fare i compiti, devo sbrigarmi, oggi c'è danza. Ho quasi finito quando mi telefona Sara.

«Vale, ho bisogno d'aiuto.»

«Cos'è successo, dove sei?»

«Sono al negozio di animali, il padrone si è assentato un momento e io ho due cani da lavare, non è che mi verresti a dare una mano?»

«Ma alle sei abbiamo lezione di danza, oggi c'è la prova generale.»

«Sí, lo so, ma se vieni subito facciamo in tempo, io ho già la borsa con me.»

Sono un po' indecisa, non ho molta dimestichezza con gli animali, anche se mi piacciono molto; ma sentendo la sua voce agitata decido di andare. Appena dentro il negozio, mi fa mettere un camice e una cuffia per capelli. Ci sono due grosse vasche per lavare e delle gabbie che servono per asciugare gli animali; due cani sono legati in un angolo. Sara, con aria professionale, mi dice di prendere quello chiaro a pelo lungo, tipo golden retriver o una razza del genere, e metterlo in una delle vasche. La guardo preoccupata, ma lei mi tranquillizza; l'importante è legare il cane al gancio nella vasca mentre lo pulisci. Lui mi guarda nervoso, si capisce che non approva la scelta di essere lavato. Mi metto all'opera e lo insapono ben bene; sembra facile, tutto sommato; mi rilasso e scherzo con Sara. Il cane mi guarda con quei suoi occhioni grandi, come a volermi dire: ti prego, lasciami andare, cosa ho fatto di male? Cerco il suo nome sul collare.

«Baffy, rilassati, appena finito sarai uno schianto e tutte le cagnette che incontrerai impazziranno per te!» Lui non sembra convinto. Comincio a sciacquarlo mentre canto a squarciagola Elisa.

«C'è un principio di magia fra gli ostacoli del cuore...»

Cavolo, mi sa che ho esagerato con lo shampoo, la vasca si è riempita di schiuma.

«Tutto a posto, Baffy, non preoccuparti.»

Mi giro a cercare Sara, ma è sparita. Lo asciugo leggermente con un telo che vedo poggiato lí vicino; ecco adesso dovrebbe andare meglio. Riapro il rubinetto dell'acqua ma parte uno schizzo d'acqua che mi bagna completamente. Ma porca... per fortuna che ho il camice. Squilla il cell, oddio, e ora chi è? *Drin drin,* arrivo, un attimo, ma dove l'ho messo? Lo sfilo dai pantaloni ma mi sfugge dalle mani bagnate e cade nell'acqua saponata. Ahaa... no! Mi lancio nel lavandino, Baffy si spaventa, gira la testa insaponata e mi schizza addosso della schiuma; oddio, mi ha preso un occhio; allora dillo, Baffy, che non ti sono simpatica! Ma perché cavolo non sono rimasta a casa? «Sara, Sara, ma dove diavolo sei? Non è che potresti venire a darmi una mano?» Calma, non devo far sentire la mia agitazione, mi hanno detto che gli animali sentono quando sei nervoso. Sí, ma come faccio con il cell sepolto tra le sue zampe?

«Ecco, un attimo, tra poco arrivo.»

«Vale, ma cosa è successo?» dice Sara appena entra.

«Una catastrofe, la situazione mi è sfuggita di mano,

devo aver esagerato con lo shampoo e non ci crederai ma sono stata anche capace di far affogare il mio cellulare proprio qui.» Indico la vasca.

«Nooo, Vale, ma come hai fatto?»

La guardo.

«Okay, stiamo calme, non ti preoccupare, non mi sembra che la situazione sia cosí drammatica, dobbiamo solo spostarlo nell'altra vasca, cosí potrai recuperare il cell, anche se dubito che funzionerà ancora.»

Adesso mi sento decisamente meglio; come farò senza il cellulare, con tutti messaggi, i numeri memorizzati? Ma perché non ha chiamato Marta? Uffa!

«Allora, al mio tre lo prendiamo insieme, mi raccomando, veloci.»

Ma Baffy sembrava non aspettare altro, appena sganciato si impenna come un cavallo imbizzarrito, io mollo la presa con un urlo terrorizzato e mi ritrovo a terra, con la schiena sul pavimento; Sara prova a trattenerlo ma Baffy, che con una mossa secca si è divincolato, si lancia di corsa verso l'uscita per poi infilarsi nel negozio di parrucchiere accanto. A quel punto è il caos; Baffy ha messo a soqquadro tutto il negozio prima che qualcuno riesca a bloccarlo. Non sono servite a niente le nostre scuse e il ripulire tutto il pavimento del negozio accanto. Il veterinario, al suo rientro, saputo l'accaduto dal vicinato, non ha voluto sentire ragioni, ci ha cacciato in malo modo... ma che esagerato, in fondo non abbiamo procurato nessun danno!

«Scusa, è colpa mia, invece di aiutarti ho fatto un casino, e in piú ho perso pure il cell» dico avvilita, mentre andiamo di corsa verso la palestra.

«Lascia perdere, in fondo è un bene che mi abbia mandato via, era un lavoro troppo pesante.»

«E adesso?»

«Ora ne devo trovare un altro» risponde lei abbracciandomi; per fortuna non se l'è presa; ma io ora come farò con tutti i messaggini di Ale che avevo conservato?

Per fortuna le prove generali di danza oggi non si possono fare; l'insegnante ha avuto un contrattempo e ha mandato una sostituta. Meglio cosí, sono distrutta e non vedo l'ora di arrivare a casa, anche perché ho bisogno di un cellulare nuovo e mamma ne ha uno che non usa. È meglio di niente, anche se è un po' vecchiotto.

Stamattina non ce l'ho proprio fatta ad alzarmi quando è suonata la sveglia. Sono le otto e dieci e sto facendo tardi; afferro lo zaino, esco di corsa dal portone, giro l'angolo e vedo Marco che sta per accendere il motorino.

«Marco, ciao! Mi daresti uno strappo a scuola? Sono in ritardissimo» gli chiedo agitata.

«Okay, sali» e mi passa un casco. Mentre andiamo chiacchieriamo. Gli chiedo come vanno gli allenamenti e quando ci sarà la prossima partita. Quando frena gli vado addosso e sento la sua schiena irrigidirsi ogni volta. Provo a rimanere un po' staccata da lui, ma è impossibile. Non so che mi prende, ma ho una voglia irrefrenabile di stargli piú vicino.

Sarà l'arrivo dell'estate, l'aria, il vento sulla faccia. Non so che dire, mi sento cosí audace. Frena di colpo e io ne approfitto afferrandolo per la vita, non ha un filo di pancia. Sento i suoi muscoli guizzare mentre svicola tra le macchine. Continuiamo a parlare mentre aderisco meglio alla sua schiena; lui sembra non farci caso. Sto impazzendo, penso di botto. Cosa mi è preso? Lui è Marco, il fratello della mia migliore amica. Ci manca solo che adesso perdo la testa per lui, sarebbe una catastrofe; come al solito sto fantasticando, si vede che 'la botta' con Alessandro mi ha fatto male. Il suo odore è buono, ma perché sono cosí fissata con gli odori? Arriviamo davanti a scuola. Peccato, siamo già arrivati? Scendo a malincuore, mi tolgo il casco ma non oso guardarlo in faccia. Chissà cosa sta pensando, sicuramente che sono una sfacciata.

«Grazie» gli dico timidamente.

«Ciao» mi risponde e fugge senza aggiungere altro.

Rimango di sasso.

«Ehi, come stai?» fa Marta appena mi vede.

«Bene, se non era per tuo fratello, sarei arrivata in ritardo.» Ho la coda di paglia, anticipo nel caso lui dovesse dirle qualcosa.

«Hai capito! A te sí e a me no. Quando torno mi sente!» Ecco, ho combinato un altro kasino. Ma un periodo piú fortunato quando arriva?

«Ma no, dài, magari non ha avuto il coraggio di dirmi di no.»

«Sarà...» e mi guarda sorridendo.

Ecco, lo sapevo, devo stare attenta, Marta riesce a leggermi come un libro aperto.

Appena uscita di scuola trovo un messaggio sul cell.

Non penserai di cavartela cosí senza sdebitarti, cosa pensi di fare? :)

Wow, Marco!!!

Non so che dire, da un lato sono contenta, ma dall'altra non voglio complicarmi la vita. Forse però sto correndo troppo. Lui in realtà vuole solo uscire con una amica, in fondo ci conosciamo da una vita. Si sentirà solo, dopo la storia con Fede finita male. E poi per lui sono come una sorella e distrarmi un po' mi farà bene. Sorrido... ho resistito molto!

Che ne dici del famoso gelato da Tony, oggi alle quattro? rispondo.

Tutto tace. Oddio, era un trabocchetto; e io ci sono caduta con tutte le scarpe. Riguardo il cell, niente. Sono stata punita. Ben mi sta, non dovevo accettare. Forse non gli è arrivato. Okay, calma, devo stare calma. Arrivo a casa, riguardo il cell, vado a messaggi ricevuti, zero.

Squilla il telefono. «Pronto?» rispondo subito.

«Vale?»

«Sí?»

«Sono Marta, ma che, non mi riconosci?»

«Scusa, ero distratta...» Che figura!

«E come mai hai risposto al primo squillo? Aspettavi una chiamata? Qualcuno che conosco?» Per fortuna non può vedermi, sono arrossita di botto. Riesco a svicolare e le chiedo come va con Luca. Ha voglia di chiacchierare. Mi racconta che ha appena avuto una discussione con lui. È troppo geloso, ma non sappiamo di chi. Mi dispiace che non possiamo piú uscire e andare al cinema tutti insieme. Le dico che vorrei organizzare un'uscita con Sara e Giò. Manca un mese al mio compleanno.

«È vero, me n'ero completamente dimenticata.»

«Organizzi tu? Bene. Adesso devo andare, è pronto il pranzo; anzi Marta scusa... non è che mi manderesti un sms, ho paura che il cell che mi ha dato mamma sia rotto» le chiedo fingendo indifferenza.

«Allora vedi che avevo ragione, qualcosa c'è! Vale, ricordati che tra noi non ci sono segreti.»

«Ma certo che lo so, cosa vai a pensare» mi giustifico colta in fallo.

Mangio un piatto di pasta; per fortuna il sugo era già pronto, avevo una fame pazzesca. *Beep beep*, corro al cell... È Marta: *com'è, biondo o moro?* Spiritosa; quindi funziona il telefono; mi rassegno, ormai non mi cerca piú. Peccato! Mi addormento sul divano quando suona il citofono. Ma chi diavolo è a quest'ora? Non rispondo. Suonano ancora. Uffa. Mi alzo.

«Mamma non è in casa» rispondo acida.

«Veramente cercavo te.» Un tuffo al cuore: Marco.

«Ciao» provo a schiarirmi la voce.

«Ma non avevamo un appuntamento alle quattro?»

«Chi... a sí... anzi no, non hai risposto al mio sms, e cosí ho pensato...»

«Cosa?»

«Che fosse uno scherzo.»

Lo sento ridacchiare. Mi piace quando ride, immagino le due fossette che si formano sulle guance.

«Che fai scendi, mi fai salire o continui a dormire?»

Oddio, se n'è accorto. «Dammi solo cinque minuti e scendo.»

Corro in bagno a lavarmi, sono sudata. Che mi metto? Provo la gonna, poi cambio idea. Apro l'armadio. Mi prende il panico! Okay, meglio un paio di pantaloni sportivi e una canottiera, starò piú comoda. Ripasso in bagno, mi spazzolo i capelli, metto un filo di lucidalabbra alla pesca, e corro giú per le scale. Mi sento raggiante. Faccio i gradini a tre a tre. Sto ridendo da sola. Esco in volata dal portone, ma appena fuori vedo troppo tardi una signora che sta passando proprio in quel momento, cosí per evitarla scarto a sinistra, oscillo, faccio qualche passo in avanti cercando di riprendere il controllo. Forse ce la faccio, dài, dài... ma quando sono convinta di esserci riuscita inciampo su un sampietrino, perdo l'equilibrio e cado miseramente a terra. Nooo! Che botta... e che sfiga. Chiudo gli occhi. Li riapro. Quanta gente. Mille occhi sono puntati su di me, ma che hanno da guardare? Li richiudo. Speriamo che Marco non mi abbia visto.

«Fatela respirare, non le state cosí addosso.»

«Ti sei fatta male?»

«Ma non è Valentina?»

«Sí, la figlia della signora Carla.» Questa voce la conosco, è la portinaia. Figurati se si perdeva un'occasione simile. Riapro gli occhi e intravedo Marco tra quelle facce. Provo a sorridere debolmente. La sorte si è accanita contro di me! Se almeno avessi la Pomata Svanilina, potrei applicarla su di me! È inutile, quella strega della portinaia è lí, in prima linea, che continua a fare un baccano assurdo.

«Aiutiamola ad alzarsi. Qualcuno porti un bicchiere d'acqua, subito!» urla.

«Sto bene, grazie, non mi sono fatta niente.» Mi alzo, cercando di darmi un contegno. Per fortuna non ho messo la gonna. Mi sono leggermente sbucciata un ginocchio, ma per il resto mi sembra non ci sia niente di rotto... a parte il mio cuore! Melodrammatica!

Marco si fa strada. «Vale, tutto a posto, ti accompagno a casa?»

«Ma tu non sei il figlio del dottor Patrizi?» Ficcanaso!

Lui la guarda appena. Mi mette un braccio dietro la schiena e mi sospinge nel portone. Ci sediamo sulle scale.

«Mi hai fatto prendere uno spavento» mi dice.

Rimango in silenzio a testa bassa; poi sento un rumore soffuso, alzo gli occhi e vedo che ha una faccia strana. Poi... sghignazza. «Scusa, non ce la faccio...» Continua a ridere. «Dovevi vederti... troppo divertente... mentre ti attorcigliavi e cadevi giú.» Adesso si sbellica dalle risa, senza ritegno. Provo a fare l'offesa, ma la sua risata è contagiosa e cosí comincio a ridere anch'io fino a farmi venire le lacrime agli occhi.

«Che botta, ragazzi» dico, piegata in due.

«Già, uno schianto niente male... A quanto pare è destino che non dobbiamo prendere insieme il gelato»

«Forse dovremmo cambiare posto. Che ne dici di una granita dalla Sora Lella?» gli rispondo guardandolo invitante.

«Mi sembra una grande idea» e ci alziamo.

Il pomeriggio è passato in un baleno. Abbiamo riso, parlato e poi di nuovo riso. Non mi sono mai divertita tanto.

Torno a casa, forse la vita mi sorride ora?

Venerdí pomeriggio

Arrivo a casa di Marta prima di Sara e Giò. Mi apre Marco. Sono passati tre giorni dalla nostra uscita. Sono cosí contenta di vederlo. «Ciao, come stai?» gli chiedo raggiante.

«Bene. Maaarta, c'è Vale» urla lui e si risiede sul divano a leggere; ci rimango male. Sembra infastidito dalla mia presenza, ma forse è solo imbarazzato.

«Sediamoci qui mentre aspettiamo le altre.» Marta entra e si lascia cadere sul divano.

«Vuoi un succo, ti va?» mi chiede.

«Sí, grazie»

Mi giro verso Marco, ma lui continua, ignorandomi, a leggere il libro dall'altro lato del divano. Seguo il suo profilo, ha il naso un po' a punta; oggi porta una maglietta azzurra a maniche lunghe che gli sta benissimo. All'altezza del polso intravedo un piccolo tatuaggio, non ci avevo mai fatto caso; chissà cos'è. Vorrei passarci sopra il dito e solo all'idea del contatto trattengo il respiro. Arrossisco, mi giro dall'altra parte e incrocio lo sguardo di Marta che sta arrivando con i succhi di frutta. Sta per dire qualcosa ma, per fortuna, suonano alla porta; sono Sara e Giò, le mie salvatrici!

Una volta in camera di Marta ci chiudiamo dentro.

«Non vi ho detto una cosa importante» esordisce Sara sedendosi a terra. «Ho trovato un altro lavoro, in un'erboristeria.»

«Ma dài, non hai perso tempo; come hai fatto?»

«Tutto merito di tua zia» dice rivolta a Marta «Se non ci fosse lei!»

«Fico, sono contenta, amici suoi?»

«Sí, è vicino a Borgo Pio, ma la cosa piú interessante è il figlio dell'erborista.»

«Nooo!» urliamo in coro.

«È carino?» chiedo io.

«Come si chiama?» chiede Marta.

«Ci sei uscita?» chiede Giò.

«Calma, calma... non esageriamo, ho detto solo che è interessante.»

«Cosa vuol dire?» chiediamo tutte insieme. Oddio, sembriamo proprio tre gemelline!

«Vuol dire che abbiamo solo scambiato poche parole, ma la cosa che piú mi ha fatto impazzire è... che legge i fumetti horror!» Ha gli occhi che le ridono. Noi ci guardiamo. Lei è proprio cosí; non le piace un ragazzo perché è carino, oppure simpatico o insomma quelle cose che in genere piacciono a tutte le ragazze; no, i suoi parametri sono altri: cosa legge, che musica ascolta, che film vede; a volte penso che i genitori devono aver fatto un po' di confusione sull'anno di nascita, forse l'hanno registrata all'anagrafe dopo che aveva compiuto i cinque o sei anni.

«Ma sai almeno come si chiama?»

«Sí, me l'ha detto... ma adesso non me lo ricordo.»

«Andiamo bene» e scoppiamo a ridere. Marta si alza e mette un pezzo di Christina Aguilera. Esce e torna con i biscotti. A questo punto tocca a me, tiro fuori la lista.

«Ragazze, un attimo di attenzione, vi vorrei ricordare che tra poco meno di un mese c'è il mio compleanno, i famosi quindici!» dico sventolandola in aria.

Si girano verso di me. Rileggo a voce alta la 'lista' che avevamo quasi dimenticato. Ridiamo. Facciamo il punto della situazione. Che buffo, alcune cose ci sembrano ridicole o comunque poco importanti. Tipo il numero 6: Sapersi muovere in modo provocante e seducente. Suona cosí strano, oggi. Se poi penso alle scarpe con i tacchi alti che ci siamo comprate e mai messe, mi viene da ridere. Cancelliamo quello che non ci interessa piú.

«Però voi siete riuscite a uscire con Ale e Luca» dice Giò.

«Bell'affare, e guarda come è andata a finire!» rispondo ironica.

«Be', non possiamo dire che di cose non ce ne siano successe in quest'anno» continua Marta.

«E siamo sicuramente diverse rispetto a un anno fa» aggiunge Sara.

È vero, qualcosa è cambiato. Non saprei dire bene cosa, ma ci sentiamo e siamo diverse. Prendiamo Giò, per esempio, ha perso quel suo modo di fare da maschiaccio, e non solo per merito dei vestiti. Anche Sara sembra piú tranquilla, piú sicura di sé. Credo, poi, che la lite con Giò sia servita a Marta piú di quanto noi immaginiamo; per quanto mi riguarda, cosa dire, la storia con Ale mi ha fatto crescere. Un anno fa avrei fatto carte false pur di mettermi con uno carino come lui, oggi ci penso su. Non so se questo vuol dire qualcosa. Alla fine mi lascio convincere a organizzare la mia festa.

«Che fai, inviti anche Ian?» dicono in coro ridacchiando.

Spiritose... da quando gli ho raccontato di quel ragazzo olandese, che a Venezia mi ha rimorchiato, non fanno altro che prendermi in giro!

Domenica mattina. Una giornata blu

È una giornata fantastica, fa caldo anche se è ancora presto e in cielo non c'è neanche una nuvola. Siamo tutte e quattro in macchina con la zia Mapi, oggi c'è la gita al Colosseo. Guardo fuori dal finestrino mentre attraversiamo largo Argentina e poi piazza Venezia; ci sono già parecchie macchine, ma si vede che è domenica; la gente è piú rilassata, non si sente il frenetico rumore dei clacson (quanto lo odio!); non si va di fretta come al solito. Prendiamo via dei Fori Imperiali e al semaforo giriamo a sinistra, infilandoci nelle viuzze strette lí intorno per cercare parcheggio. Siamo costrette a fare tre o quattro giri prima di trovarne uno, ma non abbiamo fretta, la giornata è lunga; dopo cinque minuti siamo all'entrata. Mi fa strano entrare al Colosseo, ci sarò passata almeno un migliaio di volte, ma non mi sono mai fermata a pensare che questo è un posto che esiste da un'eternità. I miei hanno ragione, siamo talmente tanto abituati a vivere in una città piena di monumenti che non ci rendiamo conto del loro valore. Per fortuna alla cassa c'è poca gente, e cosí dopo un secondo entriamo. La zia comincia a raccontare. Il monumento fu costruito su un lago artificiale dall'imperatore Vespasiano, nel 79 d.C. e inaugurato da Tito per i cento giorni di sport e giochi. È stato la piú grande arena del mondo, si svolgevano combattimenti dei gladiatori, spettacoli di caccia e anche esecuzioni capitali e all'inizio anche battaglie navali: l'arena veniva riempita di una grande quantità d'acqua. I giochi duravano tutto il giorno e spesso erano talmente violenti che l'arena era inondata di sangue.

Mentre la zia racconta, ci muoviamo tra le rovine. Mi immagino questo immenso circo, durante uno di quegli orrendi spettacoli; sento la folla urlare, incitare proprio come si fa oggi alle partite di calcio, peccato che all'epoca il divertimento era vedere morire la gente.

«Come si può stare a guardare dei poveracci che vengono buttati nell'arena senza possibilità di fuga e divertirsi a vederli morire sbranati dai leoni? Bell'esempio di civiltà!» dice Sara visibilmente scossa.

Camminiamo in silenzio; siamo talmente colpite da queste storie che non riusciamo ad aprir bocca. La zia per rallegrare un po' il nostro umore scherza, raccontando che questo luogo, nel Medioevo, ospitava invece demoni e streghe, e secondo una leggenda, Benvenuto Cellini, il famoso scultore, una notte entrò nel Colosseo e invocò gli spiriti perché gli restituissero Angelica, un siciliana di cui si era invaghito perdutamente.

«Allora potrei invocarli anch'io» ridacchia Giò riferendosi a Filippo.

«Cosí ti danno qualche pozione magica da fargli bere, e poi per dispetto lo fanno innamorare di un'altra; erano streghe cattive, non buone!» Positiva oggi, Marta! Il resto della giornata la passiamo a fare qualcosa di molto piú frivolo, shopping in Campo dei Fiori. Dopo tutta questa tristezza ne avevamo assolutamente bisogno!

Ridere a crepapelle

Sono due settimane che esco con Marco, siamo diventati grandi amici; parliamo di tutto e ridiamo moltissimo. Con lui mi sento proprio a mio agio, anche se ogni tanto mi vengono strani pensieri che per fortuna scaccio via subito; è chiaro che lui mi vede solo come amica e io non voglio rovinare il nostro rapporto. Ci siamo anche raccontati la storia di Ale e Fede e ho scoperto che lui, a differenza di me, era già da un po' che aveva deciso di lasciarla; si era comportata male piú di una volta, beato lui che l'aveva capito subito. È proprio una persona carina, affettuosa. Il pomeriggio passiamo ore e ore al telefono. Ho scoperto che non va solo agli allenamenti di pallanuoto, sta seguendo un corso d'inglese e il sabato studia canto alla scuola di Testaccio, adesso capisco da dove è venuta a Marta l'idea di cantare; io in confronto mi sento un cadavere, faccio solo lezione di ballo. L'aspetto di lui che piú mi piace è l'entusiasmo; è un trascinatore nato, oltre a essere un grande chiacchierone. Spesso trovo delle somiglianze con Marta, anche nelle espressioni e nei modi di dire. Una volta mi piacerebbe andare a sentirlo cantare. Certo, non poter condividere questa nuova amicizia con Marta mi imbarazza molto; infatti ci vediamo e sentiamo di nascosto da lei; lo so che non è giusto farlo: mentire a un'amica, e poi proprio a lei. Ma sono convinta che ne sarebbe gelosa.

Sto mentendo, la verità è che se glielo raccontassi, capirebbe immediatamente che mi sto perdutamente innamorando di suo fratello. Che frana, eppure avevo giurato di non ricaderci di nuovo.

Oggi avrei tanto voluto andare al mare, penso, scendendo i gradini della scuola; ma non ho trovato nessuno disposto ad accompagnarmi. Appena esco dal cancello trovo Marco ad aspettarmi, doveva sapere che oggi Marta non è venuta.

«Ti do uno strappo?» mi chiede appena mi avvicino.

«Solo se mi porti al mare» gli rispondo ridendo.

Lui indica il motorino. «Con questo? Forse, se partiamo subito, prima di sera possiamo essere lí» risponde inarcando un sopracciglio.

«Allora andiamo a fare un giro a Villa Borghese, non ho voglia di tornare a casa.»

Al parco c'è una marea di gente. Ragazzi che giocano a pallone; mamme con i passeggini, gruppi distesi sul prato. Sento l'odore dell'erba; devono averla tagliata da poco. Arriviamo fino al Pincio e ci affacciamo a vedere piazza del Popolo. Siamo vicini.

Lui mi indica le vie.

«Hai un futuro, da grande dovresti fare la guida turistica» scherzo. Lui ride e continua, via Cola di Rienzo, dritta davanti a noi, e un po' a sinistra in lontananza San Pietro; appena sotto di noi via del Corso, giú in fondo l'Altare della Patria e dietro il Colosseo.

«Hai un neo dietro l'orecchio, lo sapevi?» Ma che domande sono?

Mi giro e lo guardo con aria interrogativa. Siamo vicinissimi, vedo le pagliuzze nei suoi occhi. Li socchiude leggermente come se un riverbero gli desse fastidio. Mi tocca leggermente i capelli e li manda indietro; ma cosa sta facendo? Cosí mi stanno malissimo. Sto per dire qualcosa ma lui mi mette un dito sulle labbra; il tempo si ferma. Non esiste piú niente, ci siamo solo io e lui. Sto aspettando, non mi muovo, mi sono persa nell'azzurro dei suoi occhi. 'Vorrei, vorrei, ma cos'è che vorrei...' canto in silenzio. Ma lui mi arruffa i capelli, mi prende la mano, si gira e dice: «Dài andiamo» e si incammina.

Mi lascio portare ma vorrei scappare. Non gli piaccio! Per lui sono solo una ragazzina, una sorella, l'amica di Marta, mi viene un nodo in gola, ma trattengo le lacrime. Stringo le labbra... meglio, cosí almeno non soffro come ho fatto con Ale.

Torniamo a casa in silenzio. Mentre mi saluta mi stringe la mano. La tolgo stizzita e me ne vado; non mi interessa fare l'amica! Entro in casa sperando di passare inosservata. Arrivo in camera e mi butto sul letto. Perché le cose non vanno mai come vorremmo?

Sento bussare alla porta. È mia madre... Ti prego, non ora.

Si affaccia. «Dove sei stata? Che mi racconti?» Oddio è in vena di chiacchiere. «Niente, scusa ho da fare, devo studiare!»

«Dài, Vale, parliamo un po', non mi racconti mai niente» e si siede vicino a me.

«Mamma, ti prego!» Lei mi ignora.

«La signora Pina mi ha detto che l'altro giorno sei caduta.» E ti pareva che quella strega non perdeva occasione di farsi gli affari suoi.

«Non la sopporto, spia sempre tutti.»

«Ma dài, è innocua, devi solo saperla prendere. Comunque mi ha detto che ti ha aiutato il fratello di

Marta.» La strozzo, giuro che vado giú e gliene dico quattro. «Sí, passava lí per caso» rispondo serafica.

«Come sei loquace! Non mordo mica!»

«Mi spiace, oggi sono un po' nervosa» dico per scusarmi.

Mia madre capisce che non è aria, si alza e si avvia verso la porta. Improvvisamente mi dispiace che se ne vada.

«Stavo pensando di fare una festa per i miei quindici anni...»

Mia madre coglie l'occasione al volo e torna indietro.

Passiamo una buona mezz'ora a fare programmi. È felicissima all'idea e si propone, come immaginavo, per organizzarla insieme a me. Sembra tornata giovane. Si è seduta sul letto, a gambe incrociate, come faccio di solito con le mie amiche. Sta già pensando a cosa fare. Mi chiede se voglio farla a casa; se dobbiamo chiamare un dj per la musica; cosa prepariamo da mangiare, chi voglio invitare. Inarrestabile... ma contagiosa. Mi fa sentire subito meglio e la tristezza di poco prima passa via in un attimo. Dopo un po' chiamo Marta per sentire come sta: è mancata da scuola perché aveva l'influenza.

«Che fai, ancora malata?»

«No, sto molto meglio, domani torno a scuola, hai sentito la mia mancanza?»

«Tantissimo» Sospira. Sento che c'è qualcosa che non va. «Cosa è successo?» chiedo

«Niente... solo che... mi sono lasciata con Luca.»

«E me lo dici cosí? Ma quando è successo?»

«Prima, al telefono. Sono giorni che mi tortura; prima la gelosia, ora di nuovo la fissa nel voler sapere perché tu hai lasciato Ale.»

«Nooo...» dico in un filo di voce.

«Sí, tanto che oggi ha minacciato di lasciarmi se non glielo dicevo.»

«E perché non l'hai fatto?»

«Ma scusa, se ha detto una cosa del genere vuol dire che di me non gliene importa molto, o no?»

In effetti non me la sono sentita di darle torto.

«Marta, mi dispiace, è tutta colpa mia.»

«Non ci pensare nemmeno, ti ho solo usato come scusa per lasciarlo» conclude ridendo. Ma so che non è vero.

«A proposito, domani c'è la partita di Marco, mi accompagni?»

Vorrei dirle di no, ma non ho il coraggio; cosí prendiamo accordi per andare insieme.

Per l'occasione mi metto una gonna corta rosa con sopra un top bianco. Oggi mi sento piú audace del solito, non so perché.

«Wow, ma sei uno schianto, chi devi rimorchiare?» mi chiede Marta appena mi vede.

«Chissà, non si può mai sapere, potrei incontrare l'uomo della mia vita» scherzo.

«Non me la racconti giusta» mi risponde ridendo mentre andiamo.

La partita è alla piscina del Coni, vicino allo stadio Olimpico, è una semifinale; per andare prendiamo diversi autobus. Arriviamo che c'è già molta gente, alcuni compagni di scuola di Marco e altri che non conosciamo. Salutiamo i suoi genitori e la zia Mapi, in prima fila con lo zio Giulio. Noi ci mettiamo in mezzo a un gruppetto di amici di Marco. Sono un po' nervosa, lui non mi ha invitata, magari gli scoccia che sia venuta. Le squadre entrano, cerco tra le teste la sua. Lo vedo e sento un piccolo fremito dentro di me. Lui sta ridendo con gli altri compagni, poi si gira verso gli spalti. Mi abbasso facendo finta di allacciare una scarpa, ma è impossibile passare inosservate; Marta fa un baccano terribile, si sbraccia, lo chiama, incita tutta la squadra. Lui ci vede e sorride; dopo poco l'arbitro invita le squadre a entrare in acqua; mi rilasso un po', la partita inizia. Marco gioca in difesa, devo concentrarmi, con quelle cuffie è difficile riconoscerlo. Dopo un po' mi torna l'ansia ma questa volta nel vedere gli strattoni e i falli che si fanno. Al posto loro sarei affogata già da un pezzo. Mano a mano che la partita va avanti l'aria si scalda. Si sentono urla di incitamento verso la squadra avversaria... mancano pochi minuti alla fine del primo tempo, sono pari. Non resistiamo piú, ci alziamo in piedi anche noi e cominciamo a urlare e... sííí, passiamo in vantaggio; io e Marta ci abbracciamo. In quel momento Marco si gira e guarda nella nostra direzione. Gli sorrido, dietro di me sento una voce chiamarlo; mi giro. Una ragazza bionda, molto carina, gli sta mandando un bacio con la mano, lui sorride e saluta; mi sento morire, il sangue defluisce. Sono proprio una stupida, non ho mai preso in considerazione l'idea che potesse avere un'altra ragazza; mi sono anche vestita carina per lui. Mi guardo intorno in cerca d'aiuto; Marta sta chiacchierando con i nostri vicini.

«Senti, devo andare...» comincio a dirle.

Mi guarda con aria interrogativa, senza capire.

«Non mi sento bene... mi sono venute le mie cose» riesco finalmente a dirle all'orecchio.

«Mi dispiace, ma sei sicura? Vuoi che ti accompagni?»

«Ma no, figurati, fai il tifo anche per me e saluta tuo fratello» le dico cercando di fare l'indifferente.

Esco fuori. Aria finalmente, stavo soffocando. Mi scende una lacrima che non faccio in tempo a trattenere; respiro a fondo e mi incammino. Attraverso il ponte, arrivo a piazza Mancini, prendo il tram e mi siedo in fondo. Ci saranno dieci persone in tutto, un signore sta urlando al telefono. Guardo da un altro lato e una ragazza con in braccio una bambina sfoglia un libro con delle grandi figure. Guardo fuori dal finestrino, mentre il tram passa in via Flaminia. Non penso a niente, non ne ho voglia. Sto salendo le scale di casa quando mi arriva un sms.

Xché 6 fuggita via? Non ti è piaciuta la partita? :(

Scusa, ma avevo un appuntamento e mi sento il naso crescere come pinocchio.

1 che conosco?

Chi può dirlo...

Allora divertiti.

Anche tu... con la biondina!!! :)

Sí, brava, fai la splendida.

Ma di chi parli?

Lascia perdere, ciao!

Stasera c'è la cena con la famiglia di Marta; ho provato in tutti i modi a fare cambiare idea ai miei, ma non ci sono riuscita, spero che Marco non venga.

Aiuto mia madre ad apparecchiare in salone. Per l'occasione tira fuori una tovaglia indiana dai colori sgargianti. Papà si è occupato del vino, sia lui che il padre di Marta sono grandi intenditori. Sono nervosa, ho paura che Marta si accorga di qualcosa. L'importante è ignorarlo tutta la sera. Mi metto una gonna lunga con una maglia sbracciata, ma se non era per mia madre mi sarei messa i jeans. Suonano alla porta e vado ad aprire, mi rilasso, Marco è agli allenamenti ma ci raggiunge per il dolce. Marta mi segue in camera; Luca si è pentito di averle detto quelle cose ma lei non vuole piú rimettersi con lui; dice che è noioso, parla sempre delle sue partite di calcio. Non capisce come può essere stata tanto a lungo con un tipo come lui solo perché era carino; forse stiamo crescendo, penso.

«Ragazze, la cena è pronta.»

«Arriviamo» gridiamo in coro.

A tavola continuo a chiacchierare con Marta. Abbiamo cominciato a fare la lista delle persone da invitare alla mia festa. Verso le dieci arriva Marco. Entra raggiante, ha appena saputo che la sua squadra si è qualificata per le finali di pallanuoto, quest'estate staranno in ritiro due mesi all'Acqua Acetosa. Ho una fitta allo stomaco; meglio, penso, cosí forse mi passa. Gli fanno posto vicino a me; sento la sua gamba che tocca la mia, vorrei spostarla ma non posso, tra le mie ho l'asta del tavolo, cosí mi offro per andare a prendere il dolce. Torno con il millefoglie alla crema, ma arrivo con troppa foga al tavolo, sbatto nella mia sedia e faccio cadere tutta la torta sulla camicia di Marco. Oddio, che ho fatto! Lui si alza di scatto. «L'hai fatto apposta...» e in uno scatto di ira mi lancia un pezzo di torta, preso dalla sua camicia, in piena faccia. Urlo, ma la crema mi smorza la voce.

«Brutto...» sto per buttarmi addosso a lui ma intervengono mio padre e quello di Marta a dividerci.

«Insomma, basta un po', ma che modo è di comportarsi? Marco, che ti ha preso? Valentina non l'ha fatto mica apposta» lo sta rimproverando la madre.

«Non è vero, l'ha fatto apposta» risponde ancora fuori di sé.

«Adesso ti porto a casa» dice il padre prendendolo per un braccio e spingendolo fuori casa.

Intanto mia madre: «Vale, chiedi scusa a Marco.» Dio, che disastro. Guardo Marta di sfuggita e la scopro che guarda per terra con le lacrime agli occhi per il gran ridere; in effetti, se la situazione non fosse cosí drammatica per me riderei anche io. Provo a darmi un contegno togliendomi la crema dalla faccia.

«Scusa... non volevo... sono inciampata» dico, ancora risentita, ma lui neanche mi risponde, prende la borsa degli allenamenti, saluta frettolosamente e se ne va. Lo sapevo, questa cena non si doveva fare.

Per fortuna con la scusa di pulirmi mi sono rifugiata in bagno seguita da Marta.

«Ti prego, non dire niente, ti ho visto come ti sei divertita alle mie spalle» le dico appena entra e si siede sul water.

«Ma dài, in fondo non è successo niente, non capisco solo perché Marco se l'è presa tanto, in genere non è un tipo permaloso.» Non rispondo e lei, capendo che non è aria, passa una buona mezz'ora a raccontarmi quanto Luca continua a tormentarla.

Il giorno dopo, mentre sono in macchina con mia madre per andare al supermercato, gli mando un sms. *Scusami, spero che non penserai che l'abbia fatto apposta.*

Mi risponde subito. *Lo spero bene, anche se sembrava proprio che ce l'avessi con me!*

Ma no figurati, scusa ancora e a presto.

Mi hai scritto solo x questo?

Certo, x cos'altro? Bugiarda, bugiarda, ne avrei di cose da dire, ma a che scopo?

Ho fatto qualcosa che ti ha dato fastidio? Non mi vuoi + vedere?

Ma no figurati, è che sono molto impegnata, adesso scusa, devo andare, ciao.

Mi sento tanto triste. Guardo fuori dal finestrino.

«Che ti succede, brutti pensieri?» chiede mia madre.

Vorrei confidarmi con lei, ma non so da dove iniziare. Le dico che è una situazione complicata. Lei mi accarezza, mi chiede se si tratta di un ragazzo, annuisco. Mi domanda se è per caso Marco e io arrossisco; lei continua dicendo che l'ha capito quella sera a cena da noi. Quindi l'hanno capito tutti, penso preoccupata, anche Marco? Le racconto a grandi linee la situazione sottolineando il fatto che ho tenuto nascosta la nostra amicizia a Marta. Non capisce, anzi insiste perché ne parli con lei; è sicura che può aiutarmi, ma a fare cosa? Lui sta con un'altra e poi da me vuole solo amicizia. Mi chiede se sono sicura di questo e se gli ho fatto capire qualcosa. Ma siamo pazzi? Pensa che vergogna, che dovrei fare, provarci io? Perché dovrei farmi umiliare ancora? No, grazie, mi è bastata la delusione di Ale. Lei mi racconta che da piccola, alle medie, era innamorata follemente di un suo compagno di classe e quando ormai era troppo tardi ha saputo da una sua amica che a lui piaceva lei. Da quel giorno ha capito che se ci interessa una cosa, bisogna essere piú espliciti, senza esagerare è ovvio; cosí da non avere rimpianti. Non so, non sono una persona cosí intraprendente, forse Marta al posto mio lo farebbe. Chissà.

Sono al settimo cielo

Manca un giorno alla festa. Ho chiesto a Filippo di occuparsi della musica. È stato contentissimo. Mi ha chiesto come doveva organizzare la serata: funky, groove, fusion, electronic. Gli ho risposto che mi fido di lui... speriamo bene! Del cibo se ne sta occupando mia madre insieme a Giò, quindi sono tranquilla, ce ne sarà in quantità! Le bevande invece toccano a mio padre, che conosce bene i miei gusti, prenderà tutto ciò che riesce a trovare al gusto di pesca e non solo.

A scuola l'ho detto a tutti. Ho deciso di fare una festa allargata... la mia solita ansia e paura che non venga nessuno! Gli unici che non ho invitato sono Ale, Luca, Fede e Claudia, e ovviamente non l'ho detto neanche a Marco, anche se mi è sembrato che Marta ci sia rimasta un po' male; ho deciso che dopo la festa le racconto tutto, tanto ormai è storia passata. Non pensavo ma tutti hanno risposto entusiasti all'invito. Ho fatto una lista dei regali che vorrei dai miei per il compleanno (speriamo che questa lista sia piú fortunata dell'altra!):

- motorino, anche usato;
- iPod;

- zaino;
- jeans;
- macchinetta fotografica digitale;
- un costume da bagno.

Al primo posto c'è ovviamente il motorino, ma so che è il meno probabile; mio padre continua a pensare sia troppo pericoloso. Ma vanno bene anche gli altri.

Stasera, giorno del mio compleanno, festeggio con i miei, andiamo a mangiare una pizza fuori. Sono molto agitata per gli ultimi preparativi per domani. I miei mi tranquillizzano, sarà una festa bellissima. A fine cena mi danno il regalo, me lo stavo quasi dimenticando... bugiarda! Rigiro la confezione, non capisco cosa sia, certo il motorino non può essere... peccato, per un attimo ho sperato. Forse è l'iPod, ma questo pacchetto è troppo quadrato. Lo agito, sento un leggero movimento. Non resisto, rompo la carta e dentro trovo un portachiavi con un peluche a forma di mucca; me lo rigiro tra le mani rimanendo in silenzio, ma come gli è venuto in mente di regalarmi una cosa come questa? Non ho mica cinque anni. Loro mi guardano sorridendo, aspettando un mio cenno. Provo a sorridere ma mi riesce malissimo. Mi sento offesa, ma non voglio che ci rimangano male; cosí ringrazio cercando di fare la faccia piú convincente possibile. Sembra quasi che si divertano, possibile che gli piaccia tanto questa mucca? In macchina rimango in silenzio. Meglio non pensarci, sabato ho la festa, mi rifarò lí, spero. Entriamo in casa e appena in camera trovo sul computer un biglietto:

Tanti auguri, Valentina. Qui di seguito troverai quattro domande, se risponderai esattamente, le prime due lettere delle risposte formeranno un nome che ti sarà molto utile. Auguri e Buon compleanno.

Firmato anonimo

Ma cos'è, uno scherzo? Chiamo i miei che si affacciano prontamente alla porta; anche se fanno finta di niente, la loro faccia svela molto.

«A cosa mi sarà utile il nome che uscirà fuori?» chiedo.

«Non lo so, scoprilo; rispondi alle domande» e si siedono vicino a me.

Non capisco, ma vado avanti e leggo.

Prima domanda: Come si chiama il marito al femminile?

Ci penso un po' su. Guardo i miei.

«Dài, è facile» dicono insieme.

«Moglie.» Applaudono.

Seconda domanda: Una città del Piemonte.

Questa è facile, Torino.

Terza domanda: Si chiede quando perdi una partita a carte.

Cavolo, questa è difficile. «Un prestito?»

«Ma che dici, Vale» mi rispondono ridendo. Ho capito, la rivincita. «Brava.»

Quarta e ultima domanda: Per sposarti devi dire l'opposto.

No, rispondo ormai completamente presa dal gioco.

Scrivo: MO TO RI NO.

Nooooo, non ci credo. Alzo gli occhi. I miei ridono.

«Davvero mi avete regalato il motorino?»

Loro mi sventolano davanti un paio di chiavi, adesso capisco a cosa serviva la mucca-portachiavi!

«Sííí» urlo saltando dalla sedia mentre li abbraccio e li bacio; non sto piú nella pelle, mi vengono le lacrime agli occhi. Certo, ce ne ho messo di tempo a capirlo!

«Dov'è? Che motorino è? Non ci posso credere!»

«Calma, calma, scendi giú, l'abbiamo messo in cortile» dice mio padre.

Come un fulmine corro giú per le scale, e appena arrivo lo vedo, al centro, con un enorme fiocco blu; sembra mi faccia l'occhiolino e mi dica vieni qui, cosa aspetti, sono tuo! Mi sembra di sognare, è bellissimo; tutto lucido, grigio metallizzato; non è nuovo ma non importa. I miei intanto mi hanno raggiunto.

«Mamma, papà, non potete immaginare quanto sono felice, è un regalo fantastico, vi voglio bene.» Rimango ancora a contemplarlo; adesso anch'io ho il motorino, penso orgogliosa. Prendo accordi con papà per fare un po' di pratica con lui, in effetti non l'ho mai guidato. Mentre spengo la luce e mi infilo a letto, ho il sorriso sulle labbra e immagino già la faccia di Marta quando glielo dirò.

I miei quindici anni

I festeggiamenti per il mio compleanno non potevano iniziare meglio. Ieri il motorino, oggi la festa tanto attesa. Marta, quando gliel'ho raccontato, è rimasta a bocca aperta. Poi si è subito ripresa e ha cominciato a fantasticare su tutti i posti dove potremo andare, ora che abbiamo il motorino. Ho sorriso. Marta è troppo forte. Per la festa metterò la gonna nera che ho comprato poco tempo fa con lei e sopra la canotta rossa scollata dietro. Siamo tutte e quattro in camera mia mentre finisco di vestirmi. Prima di uscire dalla stanza decidono di darmi il regalo, lo apro e trovo un bellissimo costume, due pezzi, arancione con tanti pesci colorati. Rido contenta, come hanno fatto a capire che era proprio quello che volevo? Le abbraccio euforica. Questo è proprio il mio periodo fortunato.

I miei sono usciti e non torneranno prima delle undici, ma chiameranno ogni tanto per sapere se va tutto bene. Abbiamo spostato i mobili per fare piú spazio. Filippo si è messo in un angolo del salone, con lo stereo e tutti i suoi CD. Dalla parte opposta c'è il tavolo con le cose da mangiare e da bere. Comincia a suonare il campanello. Dopo un'ora la casa è strapiena di gente, in salone, in cucina, sul terrazzo. Abbiamo spento tutte le luci lasciando accese solo candele, che ho disposto ovunque. La musica di Filippo è perfetta. Giò si avvicina a lui ogni due minuti con qualche banale scusa e lui sembra contento di averla intorno. Lei è raggiante; finalmente ha abbandonato quell'aria goffa e impacciata. Qualcuno comincia a ballare. Sorrido mentre giro la testa da un'altra parte. Vedo Marta che scherza con Matteo, lei ha portato la macchina digitale e lui la videocamera e insieme hanno deciso di fare un reportage dettagliato della festa; ma secondo me, lui sta facendo un film con lei come protagonista! Sono contenta. Sono proprio carini insieme; è la prima volta che la vedo serena da quando si è lasciata con Luca, finalmente! Sara invece, ha invitato il figlio dell'erborista, Andrea, ma non è sicura che venga e per la prima volta è in agitazione per qualcuno, era ora!

«Ma che fai lí sola soletta in disparte, vieni a ballare» e mi trascinano al centro della stanza. Chi l'avrebbe mai detto, solo un anno fa, che sarei riuscita a fare una festa come questa! Rido divertita, mentre mi scateno con la musica al massimo. Matteo ci segue con la videocamera, si avvicina, fa domande, descrive tutto quello che registra, seguito a ruota da Marta. A un certo punto mi sento afferrare per la vita, ma chi diavolo... mi giro e il sorriso mi muore sulle labbra... Ale. Ma che ci fa lui qui? Lo respingo con forza, mi giro in cerca d'aiuto e vedo anche Luca. Ma chi li ha invitati? Cerco Marta, che sembra sparita nel nulla. Sto per avere una crisi isterica. Annaspo.

«Auguri, sei tu la festeggiata, giusto?» mi dice con aria ironica.

«Sí, grazie, tu invece cosa vuoi? Non mi sembra di averti invitato.» Mi giro per andarmene, ma lui mi blocca un braccio. «Sono mesi che ti cerco, ti mando messaggi, ma tu niente, non mi rispondi, non pensi che sia ora di darmi una spiegazione?» Sembrano tutti spariti.

«Non ti devo niente.»

«Voglio sapere per chi mi hai lasciato» insiste.

«Sei pazzo, lasciami stare, non so di cosa parli.»

Sono sconvolta. Mi divincolo dalla sua presa ed esco fuori sul terrazzo, raggiunta finalmente da Marta.

«Brava, adesso arrivi!» Le racconto di come Ale mi ha assalito.

«Scusami, non li avevo visti, dobbiamo mandarli via subito, prima che succeda qualche guaio.»

«In che senso?» dico allarmata.

«Tranquilla, adesso ci penso io, vado a cercare qualcuno. Rilassati, non ti darà piú fastidio, goditi la festa; anche perché ho in serbo una fantastica sorpresa per te» e sorride.

«Cosa vuoi dire? Mi devo preoccupare?»

«Ma no, figurati!»

Non fa in tempo a finire la frase che vedo Marco venirmi incontro. Oddio! E meno male che questo è il mio periodo fortunato! Cos'ho fatto di male? Mi giro verso Marta con aria interrogativa.

«Sí, l'ho invitato io, se aspettavo te...»

«Ma...»

«Falla finita, tanto lo so che sei pazza di lui.»

Arrossisco fino alla radice dei capelli. Ma non ho il tempo di rispondere che Marco è davanti a me.

«Vale, grazie di avermi invitato!»

In un lampo Marta sparisce, e io rimango sola con lui.

«No, ecco... non è come pensi.»

«No, infatti non mi pensi proprio.»

Vorrei morire. Non so che dire. Da un lato sono felicissima che sia lí, dall'altro vorrei uccidere Marta per il colpo basso che mi ha tirato.

«Solo?» chiedo improvvisamente.

«Certo, perché con chi dovrei essere?»

«Be', còn la tua fidanzata.»

«Non so di chi stai parlando.»

«La biondina della partita, quella che ti ha mandato un bacio.»

«Ma che film ti sei fatta?»

Poi tace, mi guarda e si avvicina pericolosamente. Io provo a indietreggiare, ma il muro mi blocca.

«Per questo l'altro giorno te ne sei andata prima della fine della partita? Hai pensato che avessi una storia con qualcun'altra?»

Avvampo. Mi giro di scatto per non guardarlo.

«Ma no, figurati, e poi se anche fosse non sono cose che mi riguardano.»

Mi mette una mano sulla spalla «Vale, Vale... non ci posso credere... ma allora....» Lo guardo con aria interrogativa mentre mi infila la mano tra i capelli.

«Ti ho mai detto quanto mi piacciono? Non sai da quanto desideravo farlo.»

Rimango cosí. Ancora non oso guardarlo in faccia. Mi immagino le sue fossette, mentre sento le sue dita sulla testa. Rabbrividisco, mi giro per non farmi vedere, ma in tempo per vedere Ale avventarsi addosso a Marco e dargli un cazzotto sulla guancia. Oddio, ma è impazzito? Aiuto, qualcuno faccia qualcosa. Provo a fermare Ale, ma invano, sembra una furia.

«Allora è per lui che mi hai lasciato?»

Sono sconvolta. Ma cosa sta farneticando? Senza aspettare risposta si avventa di nuovo su Marco che in quel momento si riprende, evita il colpo e parte al contrattacco. Non riesco a credere ai miei occhi. La situazione è talmente folle che ci sarebbe da ridere. Arrivano di corsa tutti sul terrazzo richiamati da quel trambusto. Matteo, da vero professionista, si fa largo tra la folla e registra tutto. Ma insomma, un po' di decenza! Provano a separarli ma senza successo, sembra la classica scena da film western, quando parte la rissa nel saloon. Ma questo non è un film, è la mia festa! Rotolano sul pavimento, Luca e Matteo provano a bloccare Ale, che si divincola e si ributta su Marco. Nella colluttazione cadono due caraffe di succo per terra; si sente un botto pazzesco e inorridisco vedendo il terrazzo che si bagna di un liquido giallo dolciastro. Oddio, adesso colerà tutto di sotto, è la fine, avevo ragione a non voler fare la festa. Filippo riesce a portare Marco dentro casa; sto per seguirli quando suonano alla porta... e ora chi è? Apro e mi trovo davanti l'inquilino del piano di sotto che comincia a sbraitare; il suo balcone è stato inondato da un liquido denso e appiccicoso. Urla che se non la smettiamo subito di fare tutto questo baccano chiamerà la polizia. Mi scuso almeno un miliardo di volte, gli giuro che non succederà piú, poi chiudo e mi appoggio alla porta. Che giornata, me la ricorderò a lungo! Intanto la festa va avanti, Filippo sembra scatenato; appena lasciato Marco, ha ripreso la sua postazione insieme a Giò e tra un CD e l'altro ballano insieme; cavolo, almeno qualcosa di positivo accade in questa festa! Cerco Sara e la vedo parlare con un ragazzo che non ho mai visto prima, deve essere Andrea. Mi riprendo e vado alla ricerca di Marco; lo trovo in bagno con la guancia gonfia e livida; appena mi vede sorride.

«Non pensavo che avessi tutti questi amanti gelosi» dice scherzando. Mi avvicino.

«Scusami, mi dispiace, non capisco proprio perché se l'è presa con te. Vieni, ti metto del ghiaccio sulla guancia» e lo porto in cucina. Mentre passo per il corridoio vedo gli altri in salone che stanno spingendo Ale e Luca fuori di casa. Velocemente chiudo dietro la porta.

«Lascia perdere, sono contento, un paio di colpi sono riuscito a darglieli a quel presuntuoso. È dalla storia con Fede che mi era rimasta la voglia di fargliela pagare.»

Sono imbarazzata. Prendo il ghiaccio dal congelatore e glielo metto sulla guancia. Quindi non è vero che non gli importava niente di lei.

«Come ti senti?» gli chiedo.

«Adesso meglio, molto meglio» e mi stringe la mano. La sfilo imbarazzata per accarezzargli la guancia arrossata, ma lui la trattiene di nuovo, guardandomi intensamente. «Quello che volevo dirti prima che ci interrompessero è che sono pazzo di te, Vale.»

Non credo alle mie orecchie; sento una scossa elettrica attraversarmi tutto il corpo. Vorrei buttargli le braccia al collo e gridargli 'Anch'io, anch'io sono folle di te!', ma rimango in silenzio, titubante; magari ho capito male.

«Mi hai fatto morire negli ultimi mesi» mi sussurra all'orecchio. «Vorrei che mai mai mai mai nessuno al mondo mai, potesse, portarti via come ora quel treno...» Ma io questa l'ho già sentita, deve essere una vecchia canzone.

Non riesco a parlare. L'emozione mi paralizza. «Pensavo non ti piacessi neanche un po'.»

Ma sono esattamente i miei pensieri, non può essere, sto sognando; ma allora forse aveva ragione mia madre quando parlava di quel ragazzo che le piaceva cosí tanto...

«Poi ho saputo da Marta che ti eri messa con Alessandro. Sono impazzito di gelosia.» Allora non sono la sola a essere gelosa, penso sorridendo.

«Ma anche tu con Federica» riesco finalmente a dire.

«Sí, ma solo per farti ingelosire.»

«Ma figurati...» Questa non la bevo. «Comunque ci sei riuscito» ammetto, e poi continuo. «Ma non capisco, perché tutte le volte che ci siamo visti, non hai mai fatto niente per farmi capire qualcosa.»

«Eri sempre cosí sfuggente, pensavo non ti piacessi per niente. Cosí ho preferito fare l'amico, ma che sofferenza; se ripenso a tutte le volte che salivi in motorino e ti stringevi a me senza che io potessi toccarti, accarezzarti, ci sto male ancora adesso.»

Allora non ero l'unica a pensarlo. Rido divertita all'idea.

«Quanto ho sognato questo momento» continua respirando il mio profumo. Mi avvicino di piú a lui e lo sento trattenere il respiro. Lo abbraccio. Come ho potuto pensare di non innamorarmi piú? E poi lui è cosí diverso da Ale. Sento il cuore battere forte, lo guardo e mi perdo nei suoi occhi limpidi; mi ci tuffo dentro come se fosse un'enorme piscina, la mia personale, dove ci siamo solo io e lui. Chiudo gli occhi e assaporo questa sensazione. Ma che fa, cosa aspetta, perché non mi bacia? Sto impazzendo a sentirlo cosí vicino; il suo odore, i suoi capelli che mi solleticano il collo. Lo guardo.

«Posso baciarti?»

Rido, nervosa. Ma che domande sono?

«Non lo so» gioco un po'.

«Almeno un bacetto» scherza. Basta! Non posso piú aspettare, mi alzo in punta di piedi, gli butto le braccia al collo e finalmente lo bacio, lo bacio... fino a togliermi il respiro! E dimentico tutto quello che mi circonda, la cucina, la festa, le amiche, Ale, l'inquilino del piano di sotto, i miei che stanno tornando, la musica, i regali, la torta. Sento solo le sue labbra sulle mie, il suo tocco leggero ma forte, la sua stretta, le sue braccia...

Penso, sconvolta dalla forza di quello che provo, che è tutto cosí diverso, nuovo.

È forse questo l'amore?

Riprendiamo fiato per un secondo ma poi non resistiamo e cominciamo ancora... e ancora... e ancora, mi gira la testa, mi sento leggera come se volassi. Poi sento uno strano rumore intorno, prima un ronzio, un leggero mormorio, poi un click... ma che... poi un flash... nooo... Matteo, Marta... voi e la vostra videocamera, questa me la pagate!!!

In libreria

Paola Zannoner

A piedi nudi, a cuore aperto

Romanzo

240 pagine
Euro 12,50
Collana Teens

Un amore impossibile,
due vite diverse,
una storia che commuove e appassiona

Taisir è un giovane arabo palestinese, Rachele è una ragazza italiana: si incrociano per caso in una piazza, poi si ritrovano a scuola. Lui è uno skater, lei studia canto; entrambi frequentano un liceo nel centro della città, ma mentre Rachele abita in una zona residenziale, Taisir vive nel quartiere arabo della metropoli. La curiosità e la tenacia della ragazza le consentono di superare la diffidenza di Taisir, di entrare in relazione con lui: sarà un'occasione per capire il suo mondo, pieno di curiosità e sorprese, creando cosí un'amicizia intensa e generosa. Ma Rachele ancora non sa che potrà anche essere una porta per aprirle il cuore...

[illegible]

Romanzo

[illegible]

[illegible] impossibile.

[illegible]

[illegible] al tempo stesso [illegible] per sempre, [illegible] senza fine.

In libreria

Loredana Frescura
Marco Tomatis
Il mondo nei tuoi occhi

Romanzo

176 pagine
Euro 11,00
Collana Teens

Un libro appassionato e dolce sul sentimento piú cantato e mai spiegato dell'Universo: l'amore.

Una piccola stazione di una piccola città. Ogni giorno simile all'altro, la scuola che ti aspetta, la vita una routine. Ma poi due ragazzi che si guardano, si parlano e a poco a poco si conoscono, e subito un bacio in punta di piedi. E cosí, all'improvviso, l'amore irrompe nella vita di Costanza e Angelo, con l'emozione, la passione, la felicità. Un tempo che si sdoppia nei loro sguardi, che si divide nei loro pensieri, e prende vita nelle due voci che, parallele come le rotaie del treno che li accompagna a casa dopo la scuola, cercano con tenerezza di dare un senso a un periodo della loro esistenza, cosí delicato e affascinante. Sarà un momento indimenticabile e difficile al tempo stesso, sarà una prova che forse li cambierà per sempre, sarà l'occasione per perdersi in un amore senza fine.

In libreria

Loredana Frescura

E Marco Tomatis

[illegible]

Romanzo

[illegible]

Una favola che [illegible]

e Marco Tomatis il seguito di [illegible]

Questo [illegible] Premio Andersen 2008 [illegible]

[illegible]

Perché gli amori [illegible]

[illegible]

Così, Marcello [illegible]

[illegible] Costanza [illegible]

[illegible]

Una storia [illegible] vivere, [illegible] dell'altro. [illegible]

Ragazzi

J.K. Rowling la maga dietro Harry Potter (Esaurito) di Marc Shapiro
I magici mondi di Harry Potter di David Colbert
J.K. Rowling la maga dietro Harry Potter (II edizione) di Marc Shapiro
Peggy Sue e gli Invisibili - Il giorno del cane blu di Serge Brussolo
I magici mondi del Signore degli Anelli di David Colbert
Peggy Sue e gli Invisibili - Il sonno del demonio di Serge Brussolo
Sigrid e i mondi perduti - L'occhio della piovra di Serge Brussolo
Peggy Sue e gli Invisibili - La farfalla degli abissi di Serge Brussolo
Damlo il roscio - La spina del drago di Luca Trugenberger
J.K. Rowling la maga dietro Harry Potter (III edizione) di Marc Shapiro
Sigrid e i mondi perduti - La fidanzata del Rospo di Serge Brussolo
La mappa dei magici mondi di Harry Potter di David Colbert
Damlo il roscio - Il sigillo di Zànter di Luca Trugenberger
Peggy Sue e gli Invisibili - Lo zoo stregato di Serge Brussolo
Sigrid e i mondi perduti - Il grande serpente di Serge Brussolo
Damlo il roscio - Il volto del nemico di Luca Trugenberger
Peggy Sue e gli Invisibili - Il castello nero di Serge Brussolo
Amos Daragon - L'alfiere delle maschere di Bryan Perro
Sigrid e i mondi perduti - La città sommersa di Serge Brussolo
Luna Chiara & Apollo 11 di Adriana Falcão
Peggy Sue e gli Invisibili - La creatura del sottosuolo di Serge Brussolo
Amos Daragon - Il crepuscolo degli dèi di Bryan Perro
Il Piú grande fiore del mondo di José Saramago
Élodie e il Signore dei Sogni - La principessa senza memoria di S. Brussolo
Peggy Sue e gli Invisibili - La rivolta dei draghi di Serge Brussolo
Due ali per un regno di Clive Woodall
I Borrible di Michael de Larrabeiti
I Borrible alla riscossa di Michael de Larrabeiti
La settima strega di Paola Zannoner

Visita il sito ragazzi.fanucci.it

Stampato nello stabilimento grafico
«Legatoria del Sud» di Ariccia (RM)
nel mese di settembre 2007